李汉宁 著

# 心有多大

——中小学书法名师李汉宁诗文集

汕頭大學出版社

图书在版编目（CIP）数据

心有多大：中小学书法名师李汉宁诗文集 / 李汉宁著. -- 汕头：汕头大学出版社，2021.11
ISBN 978-7-5658-4252-8

Ⅰ. ①心… Ⅱ. ①李… Ⅲ. ①诗集－中国－当代②随笔－作品集－中国－当代 Ⅳ. ①I217.2

中国版本图书馆CIP数据核字（2020）第261269号

## 心有多大：中小学书法名师李汉宁诗文集
XINYOUDUODA ZHONGXIAOXUE SHUFA MINGSHI LIHANNING SHIWENJI

| | |
|---|---|
| 作　　者： | 李汉宁 |
| 责任编辑： | 胡开祥 |
| 责任技编： | 黄东生 |
| 封面设计： | 王姵一 |
| 出版发行： | 汕头大学出版社 |
| | 广东省汕头市大学路243号汕头大学校园内　邮政编码：515063 |
| 电　　话： | 0754-82904613 |
| 印　　刷： | 三河市嵩川印刷有限公司 |
| 开　　本： | 710mm×1000 mm 1/16 |
| 印　　张： | 10.25 |
| 字　　数： | 150千字 |
| 版　　次： | 2021年11月第1版 |
| 印　　次： | 2022年1月第1次印刷 |
| 定　　价： | 68.00元 |

ISBN 978-7-5658-4252-8

版权所有，翻版必究

如发现印装质量问题，请与承印厂联系退换

# 序

　　回顾走过的路，才恍惚发觉，好多次方向的改变都是意想不到的，每一次的改变是自己莽撞行事还是敢于超越，是自己轻浮急躁还是心怀远大，我实在说不清。

　　从农家子弟到读书郎，从物理专业到转读英语专业，从英语专业到专任书法教师，从内地到特区，从书法爱好者到中国书协会员，从大学副教授到中小学正高级，看起来是自我超越，其实也是顺势而为。如果说曾经有过一点收获，那也是三分理性追求和七分水到渠成的巧遇。

　　这样的经历，让我得到了无形的启发：那就是做什么事情，超越不敢奢求，但尝试何乐而不为！

　　我最胆大妄为的尝试，是写作关于书法的图书。作为书法教师，原本教学之余写写字，是专业发展和修身养性两全其美的事，但因为得到深圳市石岩公学的经费支持，我完成了第一本书《中小学书法训练技巧》的出版，尝到了一些甜头，之后对书法教学理论开始有浓厚的兴趣。在调到宝安第一外国语学校的初期，完成了《中小学书法教学法》的写作，因为自得其乐，自费把书出版了，没想到这本书被媒体誉为"我国基础教育史上第一本书法教学法专著，填补了国内空白"。同行的认可，促进了我后来的工作发展，写作出版也慢慢成了我业余工作的全部。时光一晃而过，如今我出版了第十本书——《中小学书法名师之路》。

　　写书很累，十本以"中小学书法"为书名开头的有关书法教育的书，在两年前写到第十本的中间时，我已经很知足，加上由于江郎才尽，决定不想再为难自己，继续这个专题的写作了。正是那个时候，我不知不觉爆发了写诗的欲望，于是写了人生的第一首诗《不说艰难》，发在工作室的微信群里，好多书友出于礼貌，纷纷点赞鼓励。我一下子还真有点得意，反复地问自己：我写的真成诗了吗？

　　就这样，我不断地尝试写诗。说实话，我完全不懂诗文写作的规则，能坚持这么一段时间，我不得不感谢三个人。一个是作家、诗人、深圳市宝安区作协原主席王熙远先生，因为去听过他的诗歌朗诵会，也常常与他相聚闲聊，受他的启发，我找到了一点写诗的思路，在他的鼓励下，我开始大胆尝试创作。

另一个是作家、诗人、《深圳文学》《伶仃洋》两家杂志的主编孙向学先生，他在微信朋友圈里见到我的习作后，特别关照地约我拿几篇发表在《伶仃洋》杂志上，这成了我人生第一次发表诗歌，特别有成功的感觉。第三个是家乡的朋友陆增辉博士，在我写作的过程中，经常给我提出有益的修改意见，提升了一些诗文的思想高度和文字表达水平。特别值得一提的是，我每次完成的诗文在"美篇"平台上发布后，只要他看到，一定会打赏鼓励，以此激励我不断积累，往出版诗文集的方向努力。我无意数了一下，在120篇诗文中，他一共给予52篇打赏。

开始只是想学学写诗，但写到一定数量后，感到很困惑，发现写散文也挺有趣，后来又尝试写起散文来。伴随着《中小学书法名师之路》的写作、修改校对，在前后两年的时间里，我终于完成了这本有60首诗和60篇散文的诗文集的写作。因为中小学时代我的作文考试是"老大难"，这些诗文的写作我一直当作补课练习，现结集出版是想给自己留作纪念。

这些诗文，写得天马行空，无规无矩，除了抒发内心情感之外，主要也想在自己狭窄的教师生活空间里，通过文字放纵自己的思绪，增添点生活的乐趣。

有诗友美言，其中的《心有多大》这首诗想落天外，诗意盎然，而且不乏幽默和洒脱，有一种游戏人间的潇洒，和我跨界探索有天然的契合，建议以此诗名作为书名，这样会显得很开阔，有大气象大格局，因此，我决定采纳。

作为自娱自乐的诗文集，诗文、序言是自己写，书名题字也是自己写，无拘无束，倒是很自由自在。书名题字时，我写了一遍就拿来用了，第二天觉得"心"字的最后一点有点偏高，"大"字过于厚重而突出，于是，再写两遍，想改变过来，没想到重写之后，平淡无味，意趣全无。后来想想，"心有一点高""大得隆重"不就是这本书"心有多大"的主题吗？于是也放心地用了。

习作献丑，敬请专家、读者多多批评。

是为序。

2020年冬于深圳市李汉宁书法名师工作室

# 目　录

## 诗歌篇

心有多大 …………………………………………………… (3)
广东很神秘，我想来看看 …………………………………… (4)
不说艰难 …………………………………………………… (5)
学会装傻 …………………………………………………… (6)
曾经即永恒 ………………………………………………… (7)
不冻芳龄 …………………………………………………… (8)
跨界老师教书法 …………………………………………… (9)
学会放下 …………………………………………………… (12)
拾一片伤感 ………………………………………………… (13)
退是一种境界 ……………………………………………… (13)
陪衬的情怀 ………………………………………………… (14)
梦 …………………………………………………………… (15)
同学，我想你了
　　——大学同学聚会前有感 …………………………… (15)
让今夏不再冷寞 …………………………………………… (17)
迟钝与健忘 ………………………………………………… (17)
舍与得 ……………………………………………………… (18)
盼你冬去又春来 …………………………………………… (19)
家和万事兴 ………………………………………………… (20)

不舍相别
　　——大学同学聚会结束有感（一） ……………… （21）
怀念昨夜的相聚
　　——大学同学聚会结束有感（二） ……………… （21）
旗袍恋
　　——大学同学聚会结束有感（三） ……………… （22）
安　　然 ……………………………………………… （23）
留一点时间给自己发呆 ……………………………… （23）
期待重生 ……………………………………………… （24）
活成自己的一道风景 ………………………………… （25）
普天新恋 ……………………………………………… （26）
不做别人的影子 ……………………………………… （26）
改掉苛求完美的习惯 ………………………………… （27）
点亮生命如此简单 …………………………………… （28）
记忆里的家乡味最美 ………………………………… （28）
从容长成自我 ………………………………………… （29）
无花之春 ……………………………………………… （30）
U 盘之恋 ……………………………………………… （31）
三月三，枫叶情 ……………………………………… （32）
父亲的煤油灯 ………………………………………… （33）
深圳的烟愁 …………………………………………… （34）
乐为何物 ……………………………………………… （36）
我的冷漠不是对你无视 ……………………………… （36）
将失落化为清高 ……………………………………… （37）
学会啃老 ……………………………………………… （38）
千里之外，剑兰花开 ………………………………… （39）
读懂自己便是晴天 …………………………………… （40）

前路分岔无法预测 …………………………………………… (41)

硬币的爱 ……………………………………………………… (42)

提醒自己别倚老卖老 …………………………………………… (43)

守得住现状也是一种高度 …………………………………… (44)

清零过往，随遇而安 ………………………………………… (45)

故乡的山水 …………………………………………………… (46)

我回家乡找童年 ……………………………………………… (47)

人生的风景在眼里更在心里 ………………………………… (48)

好像你还没给我点赞 ………………………………………… (49)

教师节我在想 ………………………………………………… (50)

圈一个世界，让自己呼风唤雨 ……………………………… (51)

家乡总是记忆里的模样 ……………………………………… (51)

过分的恭维将削弱你的理智 ………………………………… (52)

读自己的书 …………………………………………………… (53)

干　望 ………………………………………………………… (54)

冷落中花发芽露 ……………………………………………… (54)

迎接新年的阳光 ……………………………………………… (55)

寻找幸福感 …………………………………………………… (56)

## 散文篇

又是一年还债时 ……………………………………………… (59)

不是我的季节怎么能发芽 …………………………………… (59)

老家独特的风水 ……………………………………………… (60)

收到宏伟同学的赠印，欣喜若狂 …………………………… (61)

赏花种草需要好脾气 ………………………………………… (61)

鸟儿筑巢，我们家的鸿运风水 ……………………………… (62)

把爱放在老家的庭院 …………………………………………（63）
我满怀激情将书法课带到贵州 …………………………………（64）
新鸟巢作证，爱里花会开 ………………………………………（66）
深圳与百色的餐桌文化差异 ……………………………………（67）
今时的微信是少时的日记 ………………………………………（69）
读自己 ……………………………………………………………（70）
一手拿四支笔抄写作业，你见过吗 ……………………………（70）
当今书法界遍地"救世主" ……………………………………（71）
西湾红树林公园设计上的遗憾 …………………………………（72）
从"西湾"两字说他是不会写字还是不会书法 ………………（73）
从未有过如此强烈的学术期盼 …………………………………（74）
窗外的风景在心里 ………………………………………………（75）
品读自己——熟悉又陌生 ………………………………………（76）
工作室加装门槛的启示 …………………………………………（77）
不揭穿别人是一种修养 …………………………………………（78）
给自以为是的人一点同情 ………………………………………（79）
我假装看不见 ……………………………………………………（80）
工作室的价值在于它的灵魂 ……………………………………（81）
阳台的鸟巢孵出小鸟了 …………………………………………（83）
把心寄回童年 ……………………………………………………（84）
平果书坛的平常心和硕果 ………………………………………（85）
为你欢喜为你忧 …………………………………………………（90）
德技合一才是成熟的老司机 ……………………………………（92）
我反对关于孟晚舟书信这样的评价 ……………………………（94）
你的关心让我犯难 ………………………………………………（95）
人瘦也很无奈 ……………………………………………………（97）
沾上榴梿回不去 …………………………………………………（98）

工作室需要风水养护和情调创设 ………………………………… (100)
下得厨房后老婆的容颜开始暗淡 ………………………………… (103)
我的拿手好菜香煎柠檬鸭 ………………………………………… (105)
内心不强大怎能做书法教师 ……………………………………… (106)
又一个鸟巢迷离了我的双眼 ……………………………………… (108)
云上贵州，心中者密 ……………………………………………… (109)
在广州和深圳我遇上了今生的贵人 ……………………………… (110)
教别人一下子写好名字还真有点难 ……………………………… (118)
签名的最高境界是一根竹签串鸭肠 ……………………………… (119)
我曾经是那个外来的和尚 ………………………………………… (120)
醒时思念梦时追寻的广州番禺 …………………………………… (123)
数学不过关怎能搞好书法教学 …………………………………… (125)
主观臆造的结构理论误人子弟 …………………………………… (128)
人生如藤 …………………………………………………………… (129)
我又找回喜新厌旧的心 …………………………………………… (130)
缝纫机是我永远的追随 …………………………………………… (134)
思想高度决定成果价值 …………………………………………… (135)
关于小孩练字给年轻父母的忠告 ………………………………… (136)
百色人对早餐的重视让你大跌眼镜 ……………………………… (138)
写书的日子逼我跨界学到很多东西 ……………………………… (140)
挫折往往能激发人的潜能 ………………………………………… (142)
常设阶段目标，不断成就自己 …………………………………… (144)
营造心境让灵感不约而至 ………………………………………… (146)
看淡我的书被盗版 ………………………………………………… (147)
到深圳周边别忘了去顺德走走 …………………………………… (149)
我喜欢复式房的层次感和品质 …………………………………… (151)
我的中小学书法教育使命基本完成 ……………………………… (152)

# 诗歌篇

# 心有多大

我好想
做点有意义的事

把玩一下世界
操纵宇宙天体

徒手摘下月亮
送给心爱的人

捡一颗星星
照亮我黑夜的路

撕一片白云当作手绢
给自己擦擦汗

把彩虹当作围巾
挂在自己的脖子上

蓝天作纸海水作墨
写一遍自己的《兰亭序》

把地球顶到指尖上
让它旋转不停

手摇一把扇
把各大恒星扇到更好的位置

将东南西北风合并
吹平阻碍东亚和平的岛国神社

把春夏秋冬雨汇集
冲翻帝国主义的航空母舰

把雷电变成优美的节奏和韵律
演奏邓丽君的《甜蜜蜜》

到南极给全体企鹅
开个粤语演唱会

和特朗普换个发型
找普京一起去打猎

背着金正恩去看核试验
指导姚明提高篮球水平

仅此而已
我很实在

（2018年5月31日）

# 广东很神秘,我想来看看

那年  
广州很神秘  
我从大学停薪留职  
来做临聘小学教师  

第一次乘坐飞机  
降落白云机场  
来到广州南方国际实验学校  
喜欢上世界大观  

广州很气派  
立交环绕  
路桥纵横  
好大好大  

五羊雕像  
中山大道  
黄埔军校  
承载南国千年的历史文化  

夜已深  
北京路步行街  
依然灯火辉煌  
多少人还在优雅闲逛  

唯孤身闯荡  
行囊简单  
心怀牵挂  
一念折返家乡  

那年  
深圳很神秘  
我辞去大学副教授公职  
来做代课小学教师  

第一次自驾高速  
穿过虎门大桥  
来到深圳市石岩公学  
喜欢上世界之窗  

深圳很时尚  
地铁错综  
陆水相依  
好潮好潮  

拓荒牛  
深南大道  
国贸大厦  
记录中国刚刚苏醒的改革开放

晨尚早  
华强北电子城  
已经人流如梭  
多少人正在繁忙工作  

因一家出动  
瓢盆俱带  
心无牵挂  

立意留守他乡  

广州转深圳  
特区很精彩  
来了就是深圳人  
好好地看看  

（2018年5月22日）

# 不说艰难

（观宝安第一外国语学校围墙外侧从石砖缝中长出的一棵草有感写成。围墙外侧面对繁忙的铲岛路，内侧是学校教学楼。因为围墙外侧有停车棚阻挡，这棵草光照不足，根基无土，但风吹雨淋从不缺少。）

你说  
人生艰难  
不想活下去  
我无言以对  

你看我  
叶黄了  
茎枯了  
只残留半身  

但是  
我知道  
根在  

生命就在  

狂风吹  
险折腰  
扬起的尘埃  
是我生命的营养  

暴雨刷  
似削芽  
泼辣的水珠  
是我生命的血液  

路灯灰暗

照不清我的容颜
那却是我生命中
珍贵的光源

墙外车水马龙
墙内书声高亢
砖冷如冰
我锁进角落空寂寞

但我坚信
墙不倒
生命不会垮塌

我还会不断长新叶
我独享方寸
自在逍遥
何必为那点生活空间
与人争风吃醋

能高高在上
看冬去春来
望人间冷暖

不说艰难

（2018年5月4日）

## 学会装傻

有一种傻
是你
昏昏沉沉
不明不白
那叫真傻

有一种傻
是你
清清楚楚
却装糊涂
那叫装傻

为己之利

努力装傻
致使
劳神费心
却违天地之理

顾及别人
刻意装傻
换来
心胸坦荡
又得仁爱之道

人说
十分聪明使七分

且留三分与子孙
或许
过于聪明变妖精

我说
难得糊涂真可爱
傻人自有傻人福
或许
善意装傻近福星

世事纷争
何处能休

日复一日
不必处处聪明
让人一尺宽己一丈

人生如酒
半醉为宜
学会装傻
时常安之若素
何尝不是一种境界

（2018年5月4日）

## 曾经即永恒

我
慢慢老去
但爱过的
从未改变

你
渐渐走远
但留下的

都成思念

曾经的
无比珍贵
短暂的
却是永恒

（2018年5月23日）

## 不冻芳龄

你常说　　　　　　　　嘴角未动牙先露
岁月不饶人　　　　　　口刚张开忘了词
转眼就变老了　　　　　摇头抬腿笨如熊
每个阶段都会感叹
再年轻几岁多好　　　　刚努力
　　　　　　　　　　　规律起居
以前　　　　　　　　　合理饮食
头发乌亮　　　　　　　适当保健
肌白如霜　　　　　　　放慢青春远离的脚步
肤平如镜
细腰长腿多妖娆　　　　又折腾
　　　　　　　　　　　拉皮磨面来装嫩
可现在　　　　　　　　缺餐少肉求骨感
头发干涩　　　　　　　花俏童装身上披
脸黄如蜡　　　　　　　不大不小像妖魔
面皱如麻
膀大腰圆撑如粽　　　　春有百花
　　　　　　　　　　　秋有月
以前　　　　　　　　　夏有凉风
眼眸清澈　　　　　　　冬有雪
丹唇未起笑先闻　　　　哪个季节没有自己的景致
话语如珠落玉盘
举手投足健如飞　　　　少年纯真
　　　　　　　　　　　青年激烈
可现在　　　　　　　　中年沉稳
目光呆滞　　　　　　　老年庄重

哪个年龄没有自己的魅力

人生匆匆如过客
每个站点都是前一站的期盼
也都是后一站的眷恋
早与晚
都是你该走的路途

停在早晨
你看不到如日中天的灿烂
也看不到万丈光芒的晚霞
倒回年轻
你怎能轻易看破世间红尘

眼角的鱼尾纹
是你顽强生命的刻度
水桶腰

是你宽心从容的表白
为何要恨之入骨

将稀疏的头发翻起
亮出你高高的额头
把厚厚的粉底卸下
哪怕露出的是八宝粥般的脸
这才是家庭幸福、事业兴旺的你

大声告诉别人
你不再是十八岁
已经三四十岁了
甚至更老了
不必为保鲜一味冷冻你的芳龄

（2018 年 5 月 24 日）

## 跨界老师教书法

有人讥笑
你的数学是体育老师教的呀

我问学生
你们的书法是谁教的
学生说是我
我说不准确
学生问为什么

我说你们的书法是英语老师教的
原本我是英语老师
学生都把眼睛睁得大大的
表示很惊讶

我开玩笑
希望大家在我前面别再提
谁的数学又是体育老师教的

我会联想到自己
而感到自卑

不过
跨界老师教书法很有意思
个个讲解都有理
听得有味记得牢

语文老师说
说文解字讲
中即为中心
中字怎么写
一竖上下通
把口字平分
结构就对称了

数学教师说
床字左上包
左部左下斜
故上横要短
木字要伸右
使右部右下斜
左右更对称
整字呈三角形
结构就稳定了

英语老师说
口字分三笔
别一笔画成一个O
做到棱角分明
结构就端庄了

物理老师说
马字的钩先左下斜再出钩
避免重量全倒向左
结构就平衡了

化学老师说
土和也放一起成地
因化合作用
原来土字的底横变成了提
结构就呼应了

历史老师说
光绪初年
刘坤一为追念欧阳修所题
风流宛在
因欧阳修个人风流
流字少写右上点
意为少一点风流
恰好流字点太多
容易产生视觉疲劳
少一点之后
结构就有味了

地理老师说
香字一竖不能长
长了之后
上下两部分
一南一北不相干
竖短撇捺长
结构就紧凑了

生物老师说
一子一女为好字
通常男稍为高大
女稍为小巧
写好字时
子就要比女高一点
结构就协调了

思品老师说
梅字中间
笔画穿插
互为谦让
左右部分团结友爱
结构就紧密了

音乐老师说
参字多个撇画
要有长有短
有直有曲
方向有别
产生了节奏变化
结构就生动了

体育老师说
子字的弯钩
如稍偏右下
字会向前（向左）倒做俯卧撑
如稍偏左下
字会向后（向右）倒成仰卧起坐
力求放正
结构就稳定了

舞蹈老师说
青字上紧下松
笔画往上靠
肚短腿长
结构就美丽了

美术老师说
一横书写
右上画个三角形
那叫宋体字
属于美术字
要修补或用辅助工具完成
书法写一字
徒手一次性完成
结构就自然了

我本为英语老师
意外跨界教书法
后来碰上好运气
曾评书法副教授
还成书法正高级
曾受讥讽已无妨

（2018年5月27日）

# 学会放下

人生如寄
不会一帆风顺
困惑时常不知不觉地来临

当你绞尽脑汁
依然不如意时
请学会放下

有些事
永远无法处理
正如有些种子不会发芽

有些事
不会在这个时候解决
正如有些花不会开在这个月份

有些事
不会在这个空间圆满
正如有些树不会长在北方

把它留给另一个季节
留到另一个场合
就会有更合理的答案

延迟的结果
或者与你当初想要的不同
但可能是最佳的选择

死抓不放
将失去回旋余地
把自己逼进死胡同

学会放下
顺天顺地顺自然
才是属于你的安好！

（2018年5月28日）

## 拾一片伤感

明月下
思绪边
拾一片伤感

放在怀里
让心学会承受
让情知道起伏

心淡淡

情淡淡
不渗半滴喜悦

言不争
行不争
不图一寸虚荣

（2018年5月28日）

## 退是一种境界

笔直的路不长
要走得远
或需转弯
或需倒退

以为路到尽头
其实你不会转弯
以为障碍无法超越
其实你不会倒退

每个人的路不同

这和开车一样
别人一脚就能停到位
你却需要再倒一手

退后一尺
或许就能多进一丈
多少人却不情愿
非要撞得头破血流

退后一步
你会豁然开朗

让你更长久地前行
退何尝不是一种境界　　　　　　　　　（2018 年 5 月 29 日）

## 陪衬的情怀

你是花
我是叶
同根生
同枝长

我早生成
赶光合作用
储备营养
供你露花芽

当你怒放
绚丽多彩
我坚守纯正的深绿
任你亮丽

当你绰约

万众瞩目
我躲在你的绿荫里
任你摇曳

你被人摘取
我为你心痛
你凋谢而去
我送你一程

不恋你美艳
不恋你婀娜
你太短暂
我陪你一生只留怜惜

（2018 年 5 月 30 日）

## 梦

梦
是件影视作品
你熟悉又陌生
长短自如

你是导演
又是演员
还是观众
三位一体

导演不需投资
演员没有片酬
观众不买门票
不知不觉到位

导演不叫重拍
演员不背台词
观众只看一次
不会出现盗版

执导的结果
演出的结果
观看的结果
完全一个样

最高的境界是
要么回味无穷
要么一身冷汗
自评奥斯卡无人竞争

（2018 年 5 月 31 日）

## 同学，我想你了

——大学同学聚会前有感

那年
挥手道别
仿佛在昨天

却已过去三十年

那年

青春似火
修得今世缘
相识在右江河畔

曾经
和你苦读
个别必修课
我们都难考六十分

曾经
与你暧昧
一碟炒田螺
在马路边笑谈人生

三十年来
世事纷争
多少人与事
最恋的还是你的单纯

三十年来
人间冷暖
多少情与爱
最恋的还是你的热情

如今
你的模样
我开始模糊
想见见你

如今
我的心思
你开始不懂
想对你说

人生苦短
曾经的关爱
多么真心
它留了舍不开的牵挂

青春无知
曾经的误会
多么无意
它成了抹不去的愧歉

同学
我想你了
想握你的手
打开三十年的心结

同学
我想你了
想见你的笑
再续来生来世情缘

（2018年6月18日）

## 让今夏不再冷寞

群里
有你
不远不近
冒一个泡好吗

心里
装你
不离不弃
留个表情好吗

线上
等你
不见不散
说一句话好吗

冒一个泡
留个表情
说一句话
让今夏不再冷寞

（2018年6月26日）

## 迟钝与健忘

岁月如梭
年轮加叠
迟钝与健忘
躲也躲不开

原以为走过更长的路
懂得更多的人和事
想说的时候
能倒出十万八千箩

可是嘴刚张起
却忘了词
愣了半天
好不容易才接上了下句

人如电脑
时间长了内存不够
倒出来好慢好慢
这叫迟钝

人如电脑
时间长了装的信息太多
想用时一下子找不到位置
这叫健忘

人不如电脑
电脑可以清理垃圾或分类整理
让存储清晰
不再健忘

不必抱怨敏捷渐渐离去
不再妄想什么都能牢记
青春留不住
后面的人迟早也会跟到这个站点

人不如电脑
电脑可以重装系统或增大内存
让运行加快
不再迟钝

(2018年8月6日)

# 舍与得

舍与得与生俱来
并自然平衡
不会一边倒

别问
是舍少得多
还是舍多得少

也别问
是先舍后得
还是先得后舍

世人往往
多盼所得

少思所舍

可有时
一丝不舍
便无所得

就如孩童
旧牙舍不得拔掉
得到的便是长歪的新牙

既已舍出
何求马上就得
因为来日方长

请相信  
没有钩和诱饵的线  
鱼儿不会拿来当磨牙用

（2018年8月6日）

## 盼你冬去又春来

盼你  
在莺歌燕舞的春天  
花更灿烂  
你的欢笑  
陶醉我的心底

盼你  
在微风细雨的夏天  
风更清爽  
你的无言  
放纵我的情绪

盼你  
在长空雁嘹的秋天  
月更美满

你的泪珠  
湿润我的眼角

盼你  
在雪花飘落的冬天  
雪更皎洁  
你的热情  
温暖我的手心

春夏秋冬不老  
等你的心依然年轻  
只因往昔的情分  
不曾削减

（2018年8月7日）

# 家和万事兴

家如开车　　　　　　　　准确流畅
需要和谐　　　　　　　　才能走得顺
父亲
母亲　　　　　　　　　　孩子如挡位
孩子　　　　　　　　　　变换节奏
老人　　　　　　　　　　驻车
　　　　　　　　　　　　前进后退

父亲如方向盘　　　　　　灵活自如
把握方向　　　　　　　　才能走得远
直行
左转右转　　　　　　　　老人如空调
坚定有力　　　　　　　　调节舒适
才能走得准　　　　　　　吹风
　　　　　　　　　　　　制冷加热
母亲如油门　　　　　　　循环适度
控制速度　　　　　　　　才能走得乐
松开
加油减油　　　　　　　　　　（2018年8月9日）

## 不舍相别

### ——大学同学聚会结束有感（一）

潮涨又潮落
今日互相别
情谊长又长
留痴心一片
淡淡且忧伤

今日离别后
更想你念你
天天都一样
还真真切切

梦有你歌唱

守一道山梁
前世到今生
等着同学你
心中的月亮
再次重相逢

（2018年8月19日）

## 怀念昨夜的相聚

### ——大学同学聚会结束有感（二）

有相聚就会有分散
即使不说再见
即便满心眷恋
也无法改变
这样的聚聚散散

今夜头上月明

一种莫名的孤寞
塞满心头
怀念昨夜的旗袍
回味昨夜的歌声

把欢笑挂在嘴角
将祝福留在心底

就散不尽
心底里的清欢　　　　　　　　　　（2018年8月19日）
还有记忆里的永远

# 旗袍恋

## ——大学同学聚会结束有感（三）

| | |
|---|---|
| 三十年前 | 无意间 |
| 跑过教室的墙角 | 你盈盈一笑 |
| 撞到你的小肩 | 伴着花旗袍 |
| 猛一抬头 | 优雅又婀娜 |
| 满脸晕红发烫 | 醉我一夏 |
| | |
| 三十年后 | 一觉醒来 |
| 同学游戏 | 那件花旗袍 |
| 拉着你的手 | 应该早已挂在 |
| 起伏摇曳 | 别人家的衣柜里 |
| 甜在心头 | 成了记忆 |

（2018年8月19日）

## 安　然

每一个人　　　　　　　　　有时
内心独立　　　　　　　　　相濡以沫
思维不可替代　　　　　　　不若相忘于江湖

你的尺子　　　　　　　　　相互留点空间
有你的刻度　　　　　　　　各自活出自己
他读不懂　　　　　　　　　大家一同自在安然

（2018年11月13日）

## 留一点时间给自己发呆

累了困了　　　　　　　　　不是消极避世
恍惚发觉　　　　　　　　　不是玩世不恭
心太大　　　　　　　　　　只是想
理想已更新　　　　　　　　留一点好处让给别人
追求在加码　　　　　　　　留一点时间给予自己

拿别人的地图　　　　　　　得失之间
寻找自己的路子　　　　　　应该淡定从容
拿梦幻的尺度　　　　　　　最好的风景
设定自己的站点　　　　　　不在远方
你才如此匆匆　　　　　　　而在心上

留一点时间　　　　　　留一片闲心
给自己发呆　　　　　　看秋叶飘零
留一点空间　　　　　　看泼妇骂街
让自己孤独　　　　　　品万千世界
过滤心灵的繁杂　　　　还可以想入非非

（2018年11月24日）

## 期待重生

（有感于深圳莲花山公园移植的一棵树而写成。该树因移植，十几根向上的枝条被锯断。）

曾经的我　　　　　　无情地
根系发达　　　　　　将我移植
枝繁叶茂
妖娆多姿　　　　　　知道你不想
傲立天地之间　　　　把我置于死地
看日出日落　　　　　知道你盼望
迎风拂雨润　　　　　我能起死回生
无所祈求　　　　　　给我受伤的根须
　　　　　　　　　　淋了几盆水
你为了　　　　　　　给我无法自立的身躯
园林规划　　　　　　支撑了几根铁棍
塑造新的风景
对我情有独钟　　　　我明白
惨烈地锯断我的筋骨　万般眷恋的故乡
毁掉我的容颜　　　　已经回不去

失去的枝叶
已成一地枯黄
叹息无济于事
接受——只有接受
才是生命中的唯一

不如顽强地
忍住伤痛

伸延根基
修复伤口
期待重生
活出你所需要的
那般风姿绰约
把爱意展现给这个世界

(2018 年 12 月 19 日)

# 活成自己的一道风景

(根据宝安第一外国语学校围墙的一根柱子外侧从石砖缝中长出的一棵草有感写成。)

出生
无法选择
飘落的地方即是故乡

命运
无法支配
随遇而安就是春天

悬在墙壁上
让地上的粗枝厚叶仰望
尽显与生俱来的清高

根下即便贫瘠
也让痛苦与坚守
酿成醇厚

人生的疲惫
不是在自己这里拎不起
而是在别人那里放不下

活成自己的一道风景
偶尔也得到路人的回眸
何惧生命短长

(2019 年 1 月 3 日)

## 普天新恋

有人说
谈金钱伤感
谈吃喝庸俗

现如今新时代
谈精神谈爱好
玩高雅玩艺术

美颜拍摄成了众恋
手机普及设备不愁
瞬间完成不限数量

相机做假非我有意
提升形象让人自信
坦然展示内心不虚

磨皮美白祛痘祛斑
五官立体美腿瘦身
自我赞叹明星不如

（2019年1月6日）

## 不做别人的影子

谁的天生
不是独一无二
谁的规矩
没有后天强加

只是
生命的前行
需要对世间迎合
我们无法彻底放纵

然而
我们没有复印机的功能
无法把别人的模样做成自己
我们永远都是自己的自己

选择做点喜欢的事
满足骚动的心
不要有太多的徘徊
甚至抗拒

自己的活法
不必都告诉别人
自己的洒脱
也不必让别人都读懂

看重别人
却不轻视自己
只要能装水

瓢形何须似葫芦

你就是你
我就是我
大胆地拥抱属于自己的光源
不必躲在后面做别人的影子

（2019 年 1 月 10 日）

## 改掉苛求完美的习惯

纵然
做事的态度
需要精益求精
做事的理想
应该尽善尽美

可是
无论哪件事
即便你反复推敲一改再改
花了更多的时间和精力
也不一定得到最完美的结果

人无完人
事无完事
需要我们
追求圆满

也容得下缺憾

苛求完美
容易钻牛角尖
在鸡蛋里挑骨头
给你造成情绪上的困扰
失去生活的乐趣

改掉苛求完美的习惯
留点时间和精力给下一件事
轻松面对每一天
要说不幸福
一定是你不够知足

（2019 年 1 月 15 日）

## 点亮生命如此简单

(根据湖中石柱上长的一棵茂盛的小树有感写成。)

没有三寸厚土
没有护风墙林
只要尘埃飘落根须
雾霭湿润枝叶
我要点亮生命
让黑暗无处可藏

盼阳光不老

我将湖蓝点缀得晶莹剔透
牵手世间的和谐
与风浪同欢
知道惊动不了世界
但能惊动自己的心

(2019年1月18日)

## 记忆里的家乡味最美

远离家乡多年
游走天南地北
品尝过多少异乡杂粮
最怀念的还是家乡味

三十年后
我回到那个旧城
寻找当年醉人肝肠的鸡肉粉
可是街貌店铺早已不再

街坊邻居说
现在附近的粉摊
都是旧城的老味
承传下来几十年的老味

于是我点上一大碗
带着迫不及待的心情
闻其味品其鲜
幸福不停地流淌在热血里

或许哪里的土鸡肉都相似
哪里的酱油葱花都一样
但吃家乡粉前
味觉早已自动格式化异乡的美味

家乡味是原味
定格在童年饥饿的食欲里
深存于记忆中

永不消退

家乡味是初恋的味
镌刻在心底
梦里追逐
魂里牵挂

(2019年1月29日)

# 从容长成自我

(根据楼下放在水泥板上的一个花盆外侧底部长出的一棵小树有感写成。该树有一米多高，比盆内的植物高而健壮。)

出生无法选择
飘落的地方
既是故乡
也是一生的守望

无论沃土
还是石板之上
生命的理由
从不缺少

根有所附
吸取别人溢漏的营养
身有所倚
风吹不移

阳光和雨露没有偏爱
自卑从何谈起
珍惜生命该有的长度
从容长成自我

(2019年3月25日)

## 无花之春

过往的季节
总在不经意间
就春暖花开
百般红紫斗芳菲

可那年三月
冬雪不化
莺燕宅家
遍地灰暗

是谁屏蔽了绿草
凝固了花苞
将清欢锁住
格式化了你的世界

佛说
纷扰世间
人来赎罪不可逃
那是该你的情殇

生活看似简单
简单到弹指一挥间
一念分隔

你不再是你

爱恨本一念
一念即天涯
今生如缘浅
不必盼来世

人生千万种
从来不是复制与粘贴
等越过高高的坎
生命还会重新分盘

磨圆了
磨光了
你会滚得更远
滚到那个梦里的桃花源

活过今宵
就是丰盛
相信你是雨后飘荡的云
会在天的一角升起彩虹

（2019年4月1日）

# U 盘之恋

不知不觉
恋上 U 盘
随身携带
形影不离
已是多年

因为长年写作
无论在学校还是家里
能挤到的时间
能捕捉到的灵感
都尽可能不放过

打开电脑
插上 U 盘
能敲上几行是几行
日积月累
文章就自然生成

学校与家来回跑
早出门晚回家
不忘把 U 盘别在钥匙扣上
路上还强迫症地摸一摸

生怕忘了带

现在带 U 盘
就像当年
带 BP 机
带大哥大
一样的上心

U 盘里装载着
多少岁月的记忆
个人的智慧
生命的成果
未来的希望

钱包丢了
就当给需要的人捐点钱
U 盘丢了
是遗失多少日夜绞尽的脑汁
再也无处可寻

（2019 年 4 月 1 日）

# 三月三,枫叶情

又是一年三月三
片片枫叶寄相思
作为他乡的游子
又泛起了童年的回忆
糯米饭的香味弥漫开来

壮族三月三
家门插上枫叶
听说能驱邪保平安
都习惯吃枫叶糯米饭
还用来祭拜祖先

《本草纲目》说
枫叶止泻益睡
强筋益肠
健胃补髓
轻身长年

童年这时候
翻山越岭采枫叶
满手散发醉人的清香
漫山遍野打闹
尽享过节的乐趣

以枫叶染成的黑色为主
拼成的五色糯米饭
晶莹透亮
柔软香甜
成了抹不掉的记忆

天知我心
在深圳一方城的广西菜馆
每年三月都推出五色糯米饭
我如约而至
仿佛又看到了枫叶

(2019年4月4日)

# 父亲的煤油灯

（父亲走了几年后，我们重建房子，才发现父亲的煤油灯，挂在没有拆除的老厨房的墙上。我告诉母亲，不要移动那盏灯。因为贫穷，父亲没有留下什么物质财产，那是他给我们留下的最珍贵的遗产。是那盏灯的精神一直激励着我，让我长成了大学教授。今天又是清明，我在他乡写这段文字来纪念我敬爱的父亲！）

父亲的煤油灯是勤劳的灯
在那盏灯下
他剥玉米棒编泥箕织渔网
手掌心的水泡一个接一个

父亲的煤油灯是善良的灯
在那盏灯下
多少村民愿意敞开心扉
与他聊家长里短

父亲的煤油灯是孤独的灯
在那盏灯下
他常常发呆
没有谁知道他这个大男人的世界

父亲的煤油灯是无助的灯
在那盏灯下
顶梁柱的痛苦让他彻夜难眠
脆弱的眼泪往肚子里咽多少谁也不知道

父亲的煤油灯是顽强的灯
在那盏灯下
他炒几颗黄豆下酒
淡定痛饮笑对坎坷

父亲的煤油灯是勇敢的灯
在那盏灯下
夜半划着木舟在水库中捕鱼
波涛汹涌电闪雷鸣也要争取收获

父亲的煤油灯是无私的灯
在那盏灯下
寒冬里靠着火炉烤着他裂了多处的脚
也舍不得买一双新鞋

父亲的煤油灯是希望的灯
在那盏灯下
家人的事他一定会闷在心里
背后竭尽全力去解决

父亲的煤油灯是激励的灯
在那盏灯下
他甜滋滋告诉我们种养的规划
乐观展望来年的收成

父亲的煤油灯是明亮的灯
在那盏灯下
生活规规矩矩明明白白
没有半点阴暗

父亲的煤油灯是远见的灯
在那盏灯下
他鼓励读书支持上学

让我们坚定教育能跳出农门

父亲的煤油灯是财富的灯
在那盏灯下
我感悟了为人处世的道理
收获了生命中无价的财富

父亲的煤油灯是长明的灯
在那盏灯下
我不会迷失前进的方向
直到来生来世

(2019年4月5日)

# 深圳的烟愁

吸烟是多数男人的招牌行为
但有人说
不吸烟的男人不像男人做不成大事
这一点我不赞同
吸与不吸都有它的理由
人各有爱

累的时候
来一口烟缓解疲劳
困的时候
来一口烟打开思路

烦的时候
来一口烟减小压力

孤单的时候
来一口烟排除寂寞
欢聚的时候
来一口烟增加气氛
交往的时候
来一口烟拉近距离

在我的印象里
点上一支烟

深深地吸一口
陶醉在其中
各人的差异不大
但吐出烟雾却五花八门

出烟有单排气的
要么从嘴里
要么从鼻孔
也有双排气的
嘴鼻同喷
各具风流

急促地吐出
烟雾勇往直前
显阳刚果断气派
慢条斯理地吐出
青烟缭绕缥缈
有淡定优雅风度

倘若架起二郎腿
来个"葛优躺"
振动口型断续吐气
冒出烟圈在空中层叠游荡
若人若仙

那真是趣味无穷

深圳控烟几年了
开始的时候
我觉得不靠谱
担心吸烟人不觉悟
没想到后来还很奏效
公共场所吸烟要罚你经营者

以往在包厢里吃个饭
只要有人吸烟
回家后满头满身全是烟味
最怕的是冷天要换一堆衣服
公共场所禁烟
让女人和儿童欢呼不已

深圳控烟后
烟瘾者里外不是人
不约而同地躲进厕所享受去
对人们来说
烟味成了除臭味
对他们却成了"烟愁"

(2019年4月6日)

## 乐为何物

他有三两印　　　　　　一醉天明
心高气傲　　　　　　　钱钱钱
抬手批示
金衣玉缕披身上　　　　我有一两墨
乐为何物　　　　　　　心舒手畅
势盖一方　　　　　　　笔墨歌舞
权权权　　　　　　　　功名利禄消天外
　　　　　　　　　　　乐为何物

你有二两酒　　　　　　气顺今生
心醉情迷　　　　　　　艺艺艺
乙醇穿肠
人世烦杂抛脑后　　　　（2019年4月17日）
乐为何物

## 我的冷漠不是对你无视

（最近专注于三本新书的写作，时间紧，任务重，心力交瘁，但不时有朋友约书法作品，实在抽不出时间也没有状态书写，只好推延，盼望谅解！）

世事的繁杂　　　　　　屏蔽了我原本的万般热情
生活的纷扰　　　　　　给你留下了冷漠
这一刻塞满了心头
阻隔了通往你的世界　　你是我生命旅途中

等了千年的契约
哪怕仅是
擦肩而过
也温暖了流年
我怎能无视你

容我一丝冷漠
专注于梳理

忙乱的心事
许我一段时光
独守清欢
把心安放好
我会记住你的等待

（2019 年 4 月 22 日）

## 将失落化为清高

人生路上
起起落落
有喜有悲

不顺的日子
别让伤感
漫无边际地飘荡

请及时将失落
化为清高
纯粹而简单

所有的思考
变成了专注
而淡定

你终会读懂世事
冷漠得失
找回心底的暖流

（2019 年 5 月 1 日）

## 学会啃老

啃老是对老的依恋
也是对老的肯定
让人啃是老的关爱
也是老的荣耀
啃老是承接
也是启下
啃老是为了获得更高的平台
也是为了自己走得更快更远

啃老的关键是
啃得有度
不是砸老锅卖废铁
吃饱喝足
沉醉不醒
而是要啃其打铁精神
面向未来
发扬光大

常有人高傲显摆
中国古代有四大发明
这样那样比欧美早了数千年
躺在前人的成果下沾沾自喜
自己却不求进取
寸步不前
看不到别人的进步
没有危机意识

历史是民族的骄傲
我们必须牢记历史的辉煌
不忘前人的伟绩
但要转化成为对我们的激励
增强民族责任和时代担当
脚踏实地
承前启后
继往开来

端午被韩国申遗
书法竟然也有他国先于申报
是我们怠慢了吗
如果没有北斗导航上天
没有国产航母出海
古人发明的火药
会不会成为
别人回赠我们的炮弹

啃老要啃古人的真善美
让人性文明世代相传
地沟油毒奶粉是不孝的"发明"
我们应该把智慧
放在人类和谐共荣的事业上
去展望未来、领跑世界
努力实现伟大的中国梦

(2019年5月2日)

# 千里之外，剑兰花开

（深圳市宝安第一外国语学校与贵州省黔南州平塘县者密中学共同开展的送教助学活动，点燃了多少深圳家长、师生的激情，也点燃了多少贵州学子的希望。双方千里携手，紧密相扶，共创美好未来，这是东与西、山与海的颂歌，感人至深。我作为活动的参与者，心情久久不能平静，写下这段文字以示纪念。）

你是高山上一株剑兰
石缝生长
藤蔓遮掩
如此淡定从容
在零星稀疏的光影里
竭力丰盈一丛力量
染绿了崖壁

我是南海边一朵小浪花
变成薄雾
随风飘舞
一路向西越过八桂
在高原之边在山梁之上
化为一朵云挥洒一滴雨
抚摸你的根须
等候你
花展枝头

我们共一腔血脉
你脚下的清泉

多少年来
相约汇聚
千回百转
一路向东
隆重了海的生命
掀起了潮起潮落

我们共一线阳光
清晨
你在山巅上
能看到日出南海边上
傍晚
我在沙滩里
能看到日落青山肩头

千里之外
回眸瞬间
恍惚发觉
我们并不遥远
你是我的岸

我是你的崖 　　　　　　　美丽了人世间
如此互相映衬
成一地风景 　　　　　　　（2019 年 5 月 13 日）

## 读懂自己便是晴天

成功 　　　　　　　　　　转败为胜
从来不是盲目所得
需要读懂自己 　　　　　　读懂自己
寻找合适的模式 　　　　　找准焦点
不是模仿别人的套路 　　　才有满怀的激情
　　　　　　　　　　　　事半功倍
读懂自己 　　　　　　　　硕果累累
辨别他人
才有乐观的态度 　　　　　读懂自己
坚定信念 　　　　　　　　感知真善
勇往直前 　　　　　　　　才有宽容的心态
　　　　　　　　　　　　不负人情
读懂自己 　　　　　　　　便是晴天
认清事态
才有正确的对策 　　　　　（2019 年 5 月 20 日）
克服困难

# 前路分岔无法预测

世人千千万
生来不同地
去往不同处
各有各的路

世上本没有路
每一条路
都是个人独特的心思
也是天地不同的造化

人生之路
无法复制别人
顺的是自己
不顺的也是自己

前路分岔
你无法预测
前路断头
你也无法预测

路不畅
学会改道
路不通
学会拐弯

生活总会有
磕磕碰碰
有些遗憾
该留给岁月

人生总会有
起起落落
有些伤痛
该留给领悟

一生一世
千回百转
甜酸苦辣
每个人都只是深浅不同

（2019年5月21日）

# 硬币的爱

童年的时候
一分硬币一颗糖
偶尔得到大人奖赏几分硬币
往小卖部跑
手抓硬币
握成拳头
放在裤袋里
生怕掉在路上
等换糖的时候
松开手
硬币上渗满了汗

多年之后
钱贬值了
很多后生连分币都没见过了
最小的硬币值成了一角
近年来又变成了五角
最常用的甚至成了一元
一枚硬币起不了什么用
掉在路上也不太想捡了

平时找零的时候
我最不喜欢的是硬币
放在钱包容易鼓容易掉
过去习惯丢在钱罐
后来出入驾车

放在中控盒里
满满地存着

后面发现
这些硬币有了用处
每当在路口遇上红灯
有乞讨者抖着口盅
在寒风或烈日下
隔窗向你点头
或拿鸡毛掸在挡风玻璃上晃
让人不由自主地心酸
将一两枚递出窗外

硬币叮当入盅
乞讨者苦涩的脸上露出笑容
连续弯腰拜谢
千言万语凝成祝福回馈
声声都是
"老板平安"
"老板发财"
自感能力有限
帮不上忙
只是从此保持怜爱之心

一枚硬币改变不了他的生活
或许能让他增添一分希望

有人说
有些乞讨者懒做工
有些乞讨者很有钱
白天乞讨
晚上西装革履
出入酒吧

我不支持个别人的
心术不正
欺骗善良
欺骗社会
但不担心
他们虚伪自己
在风雨中消耗生命
谋求奢侈
或许他们的苦衷
我们无法知晓

我不在乎赠予的那枚硬币

我忽然放大幻想
突然有一天搬来了新的邻居
有点面熟
他说刚买的房
以后多来往
有空一起喝两盅
提醒我他是
那个春夏秋冬
总在路口遇上的
那个窗外抖着口盅的人
让我感受曾经珍藏的硬币
如此增值
充满爱意

（2019年6月17日）

## 提醒自己别倚老卖老

世上的路
好多条
走多了
便知道
怎么样的路
该穿怎么样的鞋好

回望后生

渐老的自己
成了经验
偶尔被崇拜
甚至被追捧
有了洋洋自得

因为虚荣
喜欢为人师

常常大谈特谈
因为肚子里杂货多
常常东拉西扯
老是自以为是

迟钝的头脑
总是不由自主
到哪里都信口开河
刹不住车
西瓜芝麻绿豆倒个不停
变成了啰啰唆唆

原以为
走过成功
有了模式
便摆出个老爷模样

一定要拿给别人参照
成全一片好心

殊不知
年轻人容易认路
今非昔比
旧时走绿皮车
今已跑高铁
你的时代已经过去
你的版本已经下线

学会爱自己
老了不争英雄
提醒自己
别倚老卖老
淡出自己的时代和角色
才会留下掌声

(2019年6月17日)

# 守得住现状也是一种高度

人的一生
对美好的追求
谁都不想停止
好多人的现状
都是之前高大上的理想

当维持现状
停滞不前
你可能会感到
生命的无趣
甚至失望

其实
人生的前行
总是有进有退
有加速有减速也有停顿
没有永恒的速度

只有一种味道的
不叫生活
甜酸苦辣凑齐
才是生活的奢侈
才不枉今生今世

是否幸福
看各人的理解
有多少痛苦
看各人的承受力
和别人相比看到的只是表面

记住曾经流过的汗水

珍惜已经拥有的一切
别让它从手中滑落
因为你的现状
一定还有人仰望

纵然无望
也要相信
世间多少悲喜都会转瞬即逝
熬过今夜
就是属于你的黎明

你本有来处
一路曾经千辛万苦
如果天没有塌下来
守得住现状
何尝不是一种高度

（2019年6月17日）

## 清零过往，随遇而安

有些人
曾经相知
温暖你的流年
却留下伤痕累累

有些事
以为简单

冻结你的思绪
却留下撕心裂肺

遇上不该遇上的人
你才明白什么是人
碰上不该碰上的事
你才知道什么叫事

有些情  
无法长久  
有些缘  
不会延续  

有些人不必记忆  
有些事需要遗忘  
别让他（它）们  
成为生命的路障  

昔日过往  
尽量当作无主的债  
学会清零  
随遇而安  

(2019年6月19日)

## 故乡的山水

故乡在山里  
四周石山环绕  
高矮错落  
层层叠叠  
不知从哪里通往外面的世界  

在家的后门  
抬头仰望  
现实和记忆都是  
峭壁夹杂青翠  
山峰与白云共接蓝天  

故乡的山像长寿乡巴马  
自然起伏  
七分石头三分土  
孕育的生活是  
一日三餐玉米粥  

故乡在水边  
多眼清泉山间涌出  
多条溪水山脚流淌  
在村里村外  
水渠纵横交错  

在家的前门  
举目眺望  
永远不变的是  
那座碧蓝的奶奶叫作海的水库  
山水相依  

故乡的水也"甲天下"  
曲折流淌  
清澈得鱼石可数  
口渴的时候  
双手合成瓢直接喝上矿泉水

故乡的山水
形成一种自然景观
是天地的造化
它的美丽包含我的理解
留在我的眼里

故乡的山水
造就一种生活方式
是祖辈的习惯
它的舒适融入我的爱好

刻在我的心里

我从故乡来
身躯上带着石山的气息
血液里流淌泉水的成分
总是不自觉地用刻板印象
打折他乡的山水

（2019年8月15日）

# 我回家乡找童年

抛弃深圳工作的繁杂
不知疲惫地赶路
回到遥远的桂西
过一年一度的中元节

还是按照往常的习惯
推开家门放下行李
首先爬上楼顶
看看久别的山水田园

我环视四周
尽情地用手机拍照
忽然触景生情思绪弥漫
镜头里童年往事一幅幅再现

我看到了那座石山
仿佛又看到自己爬在其中
那不是城里人爬山健身
是我在砍拾木柴

我看到了那片松林
仿佛又看到自己靠在树下
那不是城里人听松涛
是我在锄地后休息

我看到了那条小河
仿佛又看到自己游在里面
那不是城里人游泳锻炼
是我在拉网捕鱼

我看到了那片田野
仿佛又看到自己在采花草
那不是城里人摘野花
是我在采集猪菜

我看到了一处烟火
仿佛又看到自己点燃草皮
那不是城里人在野炊
是我在清理田间

童年的经历
一幕接一幕
回放在脑海里
都与城里人的想象不同

现在看来
都是不寻常的艰辛与磨难
可是在那些年岁
却是生活的理所当然

（2019 年 8 月 16 日）

## 人生的风景在眼里更在心里

眼里的风景很多
角度、广度与深度无限
风景也无限

心里的风景很大
理想、联想与幻想无限
风景也无限

人生的痛苦
是生活里找不到风景
心如死水

人生哪里都有风景
使劲抬眼

只是你不能老从别人的角度去欣赏
用别人的理解去体会

让眼学会注视
变换角度、广度与深度看世界
总有一处五彩斑斓

让心懂得感悟
分清理想、联想与幻想看问题
总有一事暖人心扉

人生最可怕的是固执

要看自己额头是方是圆　　　　　　　心里一定能看到

人生最警惕的是从众　　　　　　　　人生的风景不在于别人看得如何
吃自己的葡萄　　　　　　　　　　　只在于自己看得怎样
认可别人说一定是酸的　　　　　　　心中有色彩何处不亮丽

人生的风景在眼里更在心里　　　　　　　（2019年8月19日）
眼里看不到的

# 好像你还没给我点赞

工作很忙　　　　　　　　　　发个微信引来对话
没有时间与人闲谈　　　　　　减少孤独
生活很累　　　　　　　　　　发个微信自言自语
没有精力与人交流　　　　　　发泄内心
于是我发个微信　　　　　　　让情感有所依托

偶尔有点惊喜　　　　　　　　可三言两语或长篇大论
不便当面炫耀　　　　　　　　家猫生仔了、金特会面了
有时出现伤痛　　　　　　　　没有人审稿
不便直接转达　　　　　　　　瞬间就可以点发
于是我发个微信　　　　　　　跨越时空联系外界

喜欢书写日记　　　　　　　　看到激励的评论
纸笔已很落伍　　　　　　　　心潮澎湃
转发信息　　　　　　　　　　收获满屏的点赞
其他方式不太顺手　　　　　　如获珍宝
于是我发个微信　　　　　　　发个微信竟能如此欢心

有时开始在意别人的回复  好像你还没给我点赞
盼望别人的点赞
甚至无形地计较 (2019年8月22日)
朋友圈里那么多人

## 教师节我在想

（身为教师，在今年的教师节时，收到众多学生的鲜花和卡片时，无比感动，同时也更加思念培养过我的老师们。）

教师节我在想
如果能重回从前的课堂
我会细心领会您眼神里
对我充满成才的期盼
可是我已经错过

老师
您可知道
如今世事沉浮
我感到无比困惑
多么希望再次得到您的教诲

教师节我在想
如果还联系得上
我会收回
工作太忙没空去看您的借口
可是我已经错过

老师
您可知道
如今人间冷暖
我感到无所依靠
多么怀念您为父为母般的情长

教师节我在想
如果还从教不改
我会倾尽全力
做成您的延续
我不能再错过

老师
您可知道
如今课堂内外
我感到有所寄托
那就是传承您的精神

(2019年9月13日)

## 圈一个世界,让自己呼风唤雨

时光
无法延伸
空间
没法拓展
于是锁住现实

漫不经心
过滤心底繁杂
渐渐
纯粹而透明

忽然
思绪跃起
给自己
圈一个世界

驻扎
记忆里的清欢
扬起
嘴角的浅笑

让幻想飘荡
飘到世界的每个角落
挥手风盈袖
展眸雨婀娜

纵然短暂
即便狭窄
曾经的世界里
我就是主

(2019 年 11 月 13 日)

## 家乡总是记忆里的模样

我又回到了家乡
这一次
感受仍然一样
家乡没有变化

总是记忆里的模样
美好依旧
眷恋永恒

村头的路
早已铺成水泥
我还是看到
有一段坑洼泥泞
布满自己浅深不一的脚印
我从中领悟
人生应该那样脚踏实地

村口的石凳
早已不知搬到哪了
我还是看到
自己坐在上面
用神秘的眼光看村外的世界
我从中领悟
天外有天

村后的山
早已荆棘密布
我还是看到
那条曲折的小径
扛柴火走一步滑一步地回家

我从中领悟
艰难能够磨炼意志

家的门
早已做成了铁框
我还是看到
那片木框
不规整地刻画我成长的高度
我从中领悟
进步需要点滴积累

离开家乡的时候我穿着布鞋
回来的时候我穿上了皮鞋
有人说我变了
变成衣锦还乡了
可我的骨子里
农家人的品质从来没有变
一直陪伴我远走他乡

（2019 年 11 月 13 日）

## 过分的恭维将削弱你的理智

人的天性
都渴望得到别人的尊重
人家一句恭维
一声抬举

让你甜到心里

别人适当的赞美
拉近了心灵

让陌生变成友好
让交际变成顺畅
也增加了你的自信

但如果过分阿谀奉承你
有意精神贿赂你
你不能忘乎所以
不要以为自己才华盖世
真的可以左右乾坤

在茫茫人海中
我们每个人

只是一粒微尘
在暴风雨不经意降临的时候
你什么都不是

不要在别人的甜言蜜语里
总是沾沾自喜
要有一定的警觉
哪怕这世上难以碰上
见人说人话见鬼说鬼话的人

(2020年6月26日)

# 读自己的书

无聊的时候
翻阅自己出版的书
作者变成读者
从新的角度去审阅
感觉很新鲜

读自己的书
读出从容
没有写书时的焦虑
读出回忆
把自己带回走过的生活片段

读自己的书
读出成就感
厚厚的书是心血的凝结
读出辛酸
又想起多少个日夜的煎熬

读自己的书
读出遗憾
惊讶当时怎么会犯如此低级的错误
读出畅想
每个章节还可以做更好的伸缩

这么一读
想不到有很多意外
思考从深度绽放
理想恣意张扬

心底似乎又充满了新的希望

(2020年6月29日)

## 干　望

打开朋友发来的腊肉图片
静静地凝望
似乎开始两眼发呆
口水即将溢出
肥的真抢眼
瘦的很勾魂

此刻
我多么想要一块
嚼在舌根
回味

失联了多年的
家乡腊肉醉人的香甜

很无奈
这块三寸的美食
现在对于我
比天还大

遥远无比
只有在梦里

(2020年7月24日)

## 冷落中花发芽露

昨夜一阵落雨
今晨察看阳台
秋天的风赴面而来
清凉无比

忽然见到枯干的阳桃枝条
花发芽露

曾经培土施肥

花草不解人意
不该枯的枯去
该开花的却长了叶
仿佛看不到什么希望了
于是放弃了护理

不曾想到前些日子
三角梅多年后又开了花
紫藤更神奇
刚落完叶又发芽冒新绿
往年只是春季发芽

今年第一次春秋两季都发芽

似乎春天留步
喜气盈门
我突然醒悟
静待花开的日子
你不必做什么
因为做什么也可能是徒劳的

（2020年7月4日）

## 迎接新年的阳光

一觉醒来
已是新年
屋外的阳光
洒满窗前门后
温暖而吉祥

我特意推开门
迎接新年的喜气
让屋里屋外
连成一片
生机勃勃

我顺手移来小板凳
坐在门前
沐浴在暖和的阳光里
呼吸沁人心脾的空气
更新身上的气息

一年的开始
如此惬意
幸福和希望
盈满心间
我看好接下来的365天

（2020年7月4日）

## 寻找幸福感

幸福是对生活的理解
每一个人的理解力不同
幸福的感受会不同
幸福是对生活的承受
每一个人的承受力不同
幸福的感受也会不同

与别人对比发现差距
不必消极失望
任何人都无法复制别人
学会为自己制订切合实际的目标
做力所能及的奋斗
进步不在乎大小

时常回想之前的期盼
对比当下的拥有
看到其中的前进
只要不贪得无厌
幸福总会流淌在心间

有的人腰缠万贯
依然痛苦不堪
有的人名声盖世
还会失落千丈
或许是不知道如何寻找幸福感

（2020年7月4日）

# 散文篇

## 又是一年还债时

临近春节了,要赶完剩下的几万字的书稿,为了不分心,先把年度字债结了。一直在搞理论,字都不会写了,但春节又要遇上那些朋友的表弟的堂哥、同学的姐夫的领导……想起电话交代的、QQ留言的、微信点赞的,那么委婉而含蓄,自愧不够厚道,总是拖了漏了。上年春节一家乡好友打印一张作品内容清单,一直没空完成,眼看寒假将至,回乡又要见面了,心一阵惊,先剪纸练手吧。编了一年的教材,谢绝求字,偶尔应酬一些大字作品,小字基本不写,很手生,但硬着头皮也得完成!涂写吧,不在好坏,一滴墨一片情,想得起的都写了。然后洗净印章,收好纸笔,心终于没有那么塞了。待春暖花开、莺歌燕舞时我们再相约!

但愿是今年最后一笔"债务"吧!

(2018年1月6日)

## 不是我的季节怎么能发芽

春已早至,阳台上的紫藤、枣树、葡萄等一直如枯枝。我怀疑养不活,有些失望。

朝七晚六,无闲打理。一夜间忽然发现枯藤发芽,生机初现。

家与学校两点一线的生活,与大自然接触太少,闲暇时,望着阳台上充满生机的草木真能放松心情。

只是有时需要学会等待和取舍,有些树木不会开花,有些花不会结果,因为不是它的季节!

人心果枝繁叶茂,枣树却尚无一芽!

没有雨露的滋润，就算有足够的阳光照射，阳台植被也很难保持生命力。

紫藤冬眠时，光秃秃的只有枝藤，每年3到4月间，一旦冒出新芽，不到两周的日子就长得很茂盛，并能延续到初冬，炎热的夏季特别让人感到清凉！值得表扬的是紫藤相当好养！

（2018年4月20日）

## 老家独特的风水

老子说："一阴一阳之谓道。"老家有一点很特别，即以自己的方式，山水相依，石土交汇，循环调和。不知天地之间是否还有复制之处？

老家的屋子坐北朝南，后有靠背山高耸入云；屋前远处有水库，近处有阴阳独山，左半为土右半为石，界限清晰；独山左侧一条河，河之外侧连绵的全是土山；独山右侧也是一条河，河之外侧连绵的全是石山；左右两条河自北朝南流淌，把土山与石山的血液与灵气汇聚到阴阳独山前的水库，在这里形成山水相依的美景，连绵数十里。

我爱老家，门外青山处处春，水清鱼可数，如梦里桂林。晨起常常以雾为帘，似马来西亚云顶般夸张。境由心造，童年生活太苦，从未发觉家乡如此之美，今初步温饱，每每回乡，漫步池塘边野，见草木皆有姿，石水皆有情！

家乡四面山水环绕，窗外就是天然的氧吧。同是壮族人家，生活习俗与百多公里之外的"长寿之乡"巴马在自然条件、植物种植、家禽喂养、饮食习惯等方面一模一样！山泉水、玉米粥、柴火饭、红薯叶、南瓜苗、米酒，等等，都是我流落他乡后的思念。说不清的是，这里的山泉水洗一把脸，第二天起来，会觉得脸面更加洁净而平滑。有时我在想，或许先找出一个科学合理的解释，开发一个洗脸旅游项目，让各地爱美之人来洗几天脸，再带几大桶水回去。真有趣！

（2018年9月25日）

## 收到宏伟同学的赠印,欣喜若狂

  一直喜欢用浙江宏伟同学刻的印,印盒里还装着同窗求学时他刻的两方。一个月前不客气地求他再刻一方,他慷慨答应,后来我深感不好意思。见印如见人,让我想起了往事。那年刚入读浙江美术学院,宏伟坐在我的后面,他对篆刻的迷恋我最清楚。杭州的冬天突然飘起了雪,这是我人生第一次见到雪,虽然稀疏。整个下午的自习课,我缩着身子,搓着冰冷的手,傻傻地看窗外雪舞。宏伟同学却在那里时不时给通红的手哈气,咔咔地刻印,令人烦躁的声音破坏了我赏雪的心情,恨不得骂他一通。记忆多么地深刻!据说宏伟在中学时就拜大师韩天衡先生为师,学印,他功底深厚,刻印风格比较随性,我对他不拘一格的个性真是喜欢!感谢老同学的厚爱!

(2019年1月11日)

## 赏花种草需要好脾气

  吃饱喝足之后,无所事事之时,走到阳台,或弯下腰,或蹲在地上,细细地欣赏花草,心慢慢地专注起来,偶尔进入忘我的境界。

  等腰酸腿麻时,干脆搬个小凳子坐下来,让欣赏也有个规范的姿势。

  强迫症开始显现,数着已有的花苞,探究可能会露出的草芽,分析土壤、水分、肥料、光线、温度的情况,规划和布局有限盆子的种植种类,思考接替的品种,忘记了生活的繁杂,陶醉在思绪无边的世界里。

  花开了,草绿了,果硕了,心也怒放了。种花草的日子,心总是充满期待,期待着春色满园,鸟语花香。

  可是,时不时也会让人揪心不已,比如花市买的苗水土不服,比如果子突然掉光了。这都要你学会从容，看淡看轻。

苦苦呵护的三角梅湿不买账干不买账，等它开花它却枝叶繁茂，你奈它何？别着急别焦虑，你不开花，我在你脚下撒菜籽，就不信来日没有好的景致。

赏花种草，确实养心，但需要好脾气。

（2019年4月10日）

## 鸟儿筑巢，我们家的鸿运风水

清晨，走到阳台，发现墙角的人心果开始露新芽，我顺势往上看，惊喜地发现顶上竟然有一个新的鸟巢，一只鸟静静地伏在鸟巢里。等鸟儿飞走，看到鸟巢里竟然还有一颗深红色的蛋，让我兴奋不已！

我们家有一些朴素的爱好，别人养犬我们养龟，别人养花我们种草，方寸阳台成了一家人消遣和放松心情的场所。在到处是高楼、满地瓷砖的城市里，阳台似乎显露出一点大自然的生态来，成了心中的桃花源。

花盆边上偶尔爬出了蚯蚓，绿叶上有时停驻了虫子。瓜花开了，蜜蜂来了，女儿说它能给花授粉，别赶走它。

人的脚步声刚靠近阳台，龟池里就传来叽里呱啦的声音。老婆说，这乌龟很有人性，有人靠近便手舞足蹈，把头竖起来，不奖几颗饲料真不忍心。我们把和谐和关爱留在了阳台。

我们每周都要冲洗阳台的地板、玻璃；刷洗龟池，换上新水；剪掉枯黄的老叶，修整杂乱的枝条；喷洗积了尘的枝叶。我们把清新和舒适留在了阳台。

之前周末偶尔想睡个懒觉，可是清晨的阳台，鸟群已经不留秘密地在那里信口开河、滔滔不绝，让你饮恨。

还好，最近两年的周末，我们都很忙，需要早起，常常需要闹铃帮忙。偶尔忘开闹铃也没事，当听到鸟儿两个轮回的齐唱后起床，时间就正好。第一次齐唱相当于响铃初闹，第二次齐唱相当于响铃催闹，让你心存敬意。鸟儿把无邪和友善留在了阳台。

我们家的阳台，饱含了全家人的爱心，或许是多年的积聚成了鸿运当头的风水，让吉祥的鸟儿感知，不打招呼就过来落户。

上周聆听著名作家、诗人王熙远先生的诗歌朗诵会，他说自己属于明朗派，写的都是朴实的东西，希望能让周围的人看懂。我是他的粉丝，喜欢模仿他练习写诗。他有一句开玩笑的话——"别人玩陶瓷我玩泥巴，别人玩鹰我玩鸟"，让我突发联想：今后"别人遛狗我遛鸟"。

从此，宅家的日子，如同身处桃花源，春天不老，鸟语花香！

（2019年4月26日）

# 把爱放在老家的庭院

老家庭院大门的两侧，种了两株三角梅，每年4月开始零零星星地开花，到5、6月时，红遍墙内外。因为老屋平时没有人住，三角梅的枝条常常半遮了大门，但也无大碍，繁花季节之后，偶尔回去时再做修剪。

据村民说，有一年美丽乡村评比，正值老屋门庭一大片花红似火，评委因此给村里多加了几分。村里获了奖，奖的肥猪和美酒，大家拿来聚餐。从此，村里人对这个小庭院心存关爱！

房屋的门前，有一棵老柚子树，每年都会结果。小时候，结果特别多，果熟的时候，村里的小孩都喜欢"偷"着吃。那时每年临近8月15日，都有人上门收购柚子，父亲卖两棵树的柚子可以顶得上卖一头猪的收入。

因为九年前我们起了新房，破坏了水土，果树的部分枝条干枯了，结果越来越少。这些年来，果熟的时候，邻居谁想摘就摘，果树成了一种联系的渠道，增进了邻居之间的感情。

眼看老柚子树老去，担心这么好的品种消失，这可是父辈亲手种的，一定得想办法承传下去。五年前我亲手在老柚子树的枝条上嫁接了两棵，种在房子的右侧，庆幸有一棵活了，长势喜人。

围墙内，妹夫从外地的果场里挖来一棵石榴树，只种了两三年，两米来高，年年结满果，因为不懂护理，果味较酸。但我们主要是拿来观赏，很多人说石榴满枝头，多籽多福。的确让人心里美滋滋的。

石榴树的旁边，种了一棵玉兰，大约有两层楼高，花开的时候，房前屋后，芳香浓郁，醉人心扉。邻居的楼顶、窗前都可以分享到这份美。

房屋门前右侧的这棵番石榴，是妹夫七年前从百色学院教师公寓的楼下拔回来种的，早几年前已经挂果，果好大好甜。百色学院的那几棵，果小而硬，同样的品种到了老家，结的果完全不一样，看来是水土的原因，老家庭院真是风水宝地！

房屋门前左侧，我种了一棵人心果，大约五年了，慢慢也长大了。前年结出30多个果子，果味很甜，因为这种果在老家不多见，加之果树四季绿油油的，非常可爱，所以家人也特别喜欢这棵果树。

旧厨房边上的这棵枇杷树很特别，大约10年前在石岩公学时，家人无意把枇杷籽丢在花盆里长出来的，长得很壮。2012年我调到宝安，舍不得丢又随身带着，之后发觉长得太快，生怕花盆营养不够，于是，有一年放在车上带回老家种了，现在也有近两层楼高了。

母亲有几次说要砍掉，因为遮挡了她老人家种了一辈子的粽子叶，但我觉得千里移植不易，强烈要求不要砍，最后终于保留了下来。

几年来，每每回老家过年，我要么网购，要么会在花市挑选一些花果苗，种在庭院的各个角落，希望在不同的季节，有不同的植物开花结果。

老家是每个人与生俱来的眷恋，那里的一砖一瓦、一草一木都是永恒的牵挂！

（2019年5月3日）

## 我满怀激情将书法课带到贵州

2019年5月4日，我怀着激情，跟随深圳市宝安第一外国语学校贵州送教助学义工团，来到贵州省黔南州平塘县者密中学支教。当天下午尽管下着毛毛细雨，但该校全体领导和学生依然在球场上列着整齐的队伍等候我们。当看到这一幕，我们感动得热泪盈眶！

更为高兴的是刚刚下车时，平塘县教育局周承丹副局长、者密中学曾凡武校长非常热情地迎接我们，并透露他们非常盼望书法教学这个项目，并早已做好了准备工作。这给我带来了极大的鼓舞！

第二天上午，我给者密中学初二年级四个班的同学讲了一节书法课。有学生、老师、家长、义工约160人听课，整个教室座无虚席，还有人在教室后面站着，令我非常感动！随之而来的是一种无形的压力，我深知责任重大，需要调动万般激情来讲这节课。为了丰富课堂，同时让同学们欣赏我校德育主任沈伟的书法，我特意邀请他现场创作表演，作为这节课的导入。在沈主任表演的时候，我从自己农家出身的经历作了"艰苦磨炼意志，知识决定未来"的报告，拉近与同学们的距离。沈主任"志在千里"的楷书作品完成后，引起全场喝彩。接着我又从沈主任完成的"志在千里"四个字中的笔画讲什么是正确规范写字，从字形讲结构之对称美原则。然后讲本课重点"从'者密中学'谈结构美的方法"，试图以幽默的语言、独特的生活事例来说明书写问题，很庆幸赢得了听课师生的掌声。不少学生在听课时认真地做笔记。理论讲完后，我以楷书现场创作作品一幅——"者密中学"横幅作品，得到学生的热烈掌声。讲座完成后，在杨忠辉副校长的引导下，我参观了学校书画作品展示墙，同时给同学们提出一些改进意见。

第二天下午，我应平塘县教育局之邀，到平塘实验小学举行"中小学书法教学法"专题讲座，来自全县的书法教师、县书协会员参加听课。在讲座过程中，大家都专心听讲。在讲座结束后，应平塘实验小学要求写了一幅"天道酬勤"。

第二天的联欢晚会上，我现场创作一幅行书作品。

第三天晚上，者密中学特意举行赠书仪式，我将拙著《中小学书法教学法》及系列教材移交曾凡武校长，还给者密中学工会主席、书法爱好者莫玉刚老师赠书一套。

平塘县教育局给我颁发了"书法教学"公开课证书。这是一次珍贵的经历，也是一次难得的学习机会。它拓宽了我的教育视野，丰富了我的学术研究课题。从中所获得的启示必将促进我"中小学书法教学法"课题的进一步改进。

第三天，山一程水一程，我们走访贫困生家庭。家，无论贫富，都是温暖、让人眷恋的地方。我们从中看到了当地学生家长的勤劳和艰难，也看到了学生们的努力奋进和自强不息！学生家长非常热情，用自制的非常美味的豆腐招待我们，他们的纯朴、善良、友好让人镌刻心底。还有可口的红豆糯米饭，这是我的最爱。但我心里充满愧疚，因为我们的到来，让家长既破费，又忙前忙后，实在过意不去。我们除了感动还是感动！我们深知贵州山区的贫困学生和家庭在逆境中攻坚克难，努力生产，是希望能自食其力，他们对未来美好生活充满着期待。赠人玫瑰，手留余香。尽个人的绵薄之力，给他们一点帮助，是我们义不容辞的责任，同时也是为自己积善成德，何乐而不为？

从学生家回来的路上，我在山上挖了一株贵州石山上的姜荷花，准备带回深圳家里的阳台栽培，作为这次支教助学活动的纪念。在叶绿的时候，我会记起贵州人的纯真；花开的时候，我会记起贵州人的阳光，并祝福他们的生活过得红红火火、自由欢快！

（2019 年 5 月 8 日）

## 新鸟巢作证，爱里花会开

阳台上出现第二个新鸟巢！又一次的惊喜，一家人的惊喜！

养花种草的日子，美了眼帘，美了心情！最美的，是今天有了一种新的领悟。

静待花不开，是一种煎熬，其实也可能是惊喜的前奏！好花不一定及时开，也不一定开在枝头。它会开在后头，开在爱里，开在心里！

阳台的紫藤，长年精心呵护，盼了一春又一春，期待它垂花如瀑，可是老让人失望。曾经以为需要施肥，于是小心地将肥料埋在土里，得到的是绿叶一夜飘零，落个精光，让人无奈。

恍惚间我知道，自然生长为真，自然生长为贵，不可强求！

好多次想砍掉，又想它的好，春的日子总会一夜之间，芽满枝头、恣意长开、青翠欲滴，又让人期待。

上周，一只小鸟飞到阳台的三角梅枝上，仔细一看，嘴上还含着一根细草。我一念即起，这不是筑巢的举动吗？因为这根草与不久前阳台人心果树上出现的鸟巢用草相似。

果然，在不久之后，小鸟飞到紫藤的顶枝上时，我清晰地看到它在筑建的新巢，这个新巢已经完成了一半，以棉絮打底，细草缠绕。我兴奋地等候，发现一对鸟儿，来回运草，轻舞飞扬，其乐融融！

恍惚间我明白，紫藤的顶上，绿叶清新，枝条健硕，风雨不入，是安身立命的风水宝地！

一股无比的喜悦弥漫开来，浸透到心底，到热血里。我们喜欢人与自然的和谐，喜欢这样的蓬勃和生机！

曾经以为，那棵紫藤不争气，辜负了时光的等待，辜负了爱的倾注。

现在，才发现，这棵紫藤，默默地爬到女儿的窗前，长得非常茂盛，创造了优美的环境。那个鸟巢的出现，成全了女儿一直想养宠物的愿望。

恍惚间我懂得，很多回报，不能参照别人，不在年年岁岁。只要有爱在，总会出现那个不经意的节点，等到那个不同的花开方式！

于是，我把丢在走廊的红枣树移到人心果的边上，让人心果上旧的鸟巢有更多的依靠和更好的风光。同时，希望更多的小鸟过来安家。

从此坚信，爱里花会开，越开越艳丽！

（2019年6月4日）

# 深圳与百色的餐桌文化差异

在深圳待十多年了，慢慢融入了这个城市的生活，有些习惯不知不觉地改了，有些看法也不知不觉地变了。

每次接待从家乡百色来的朋友，或回家乡百色受朋友的接待，都会发现一些文化上的差异，生怕自己不自觉地忽略，让自己与朋友之间产生不合拍，所以开始留心起来。

就谈吃饭吧，从点餐到结束回家，深圳与家乡百色，就有很多差异。

点餐。深圳人口密集，到餐厅吃饭，常常要取号排队等候，等半个到一个小时才能入座点餐，不足为奇。我在家乡的时候，从来没有这样的经历。记得在家乡，如果去餐馆人满了，会拍屁股就走，心里想老子有钱吃饭，到下一家去。没有人愿意排队等饭吃。

食谱。深圳靠海，海产品丰富，家乡在山区，多为山货。所以，点菜的时候，深圳人喜欢点海鲜，比如虾、螺；家乡人喜欢点山货，比如油炸蜂蛹等。

菜味。深圳人来自五湖四海，一条街上，湘菜、粤菜、川菜、客家菜都有，家乡多数是客家菜的风格。来深圳后，我才学会吃辣。在家乡的时候，家里从没有买过指天椒。

喝酒。深圳的餐馆里，喝酒的人不是很多，特别是在大厅里。家乡人吃饭，极少不喝酒的。深圳人喝酒，比较自发地喝，量上随意，所以餐桌上摆的酒瓶不多，饭局中有点冷清。家乡人喝酒，主动喝、热情喝才够朋友，所以餐桌上酒瓶密布、餐桌下酒瓶横七竖八的情况很常见。因为有酒，饭局中，热情高涨、热闹非凡。深圳人喝酒讲"够了没有"，家乡人喝酒讲"醉了没有"，不醉不归。

猜码。深圳人吃饭，猜码的很少见。家乡人吃饭，酒喝半程之后，开始比高下，猜猜码，来点娱乐，猜码声此起彼伏。别看平时说话不流利的人，猜起码来，抑扬顿挫、声情并茂。

摸牌。猜码喝酒是娱乐，摸牌喝酒也是娱乐。深圳人喝酒，很少摸牌。但家乡人喝酒，摸牌很常见。

抽烟。深圳公共场所禁烟了，餐馆已经很少看到抽烟的了。家乡没有禁烟，喝酒的人不离烟，在包厢吃饭回来，头发、衣服一定有烟味。

餐时。深圳人吃饭，不喝酒时，大多数吃饱就走，一个半小时之内可以了。喝酒时，也不会拖延太久，到晚上10点后基本结束。家乡人吃饭，喝酒时，要等大家喝够了，到12点是常事。总之，既然出来喝酒，时间是可以暂时忘记的。深圳的餐馆，只要稍微晚一点，服务员就会叫你去买单，甚至告之要打烊了，让人感到很不爽。家乡的餐馆，要是你主动叫客人买单，多数会被骂的。我还没有吃饱尽兴，你赶我走，成何体统！

结束。用餐结束后，深圳喝酒的人，基本上清醒、简洁地道别，回家。家乡喝酒的人，偶尔有喝上头者，依依不舍，握手拥抱，那表明是真喝开心了，这不能不说是人生一乐。但喝醉者，走路一脚高一脚低，吐在桌边，就有点尴尬了。

回味。深圳人吃饭喝酒后的第二天，基本没有空再谈那餐饭的事。家乡人吃饭喝酒的第二天，有可能还在回味，喜欢互相问候，那句"昨晚回去没事吧"真是暖人心肠。

（2020年1月4日）

# 今时的微信是少时的日记

我喜欢在微信里留一段话、传一张图，把心里所想的，脑子里想记的，储存在这里，方便日后查阅使用。因为这种做法让我尝到了甜头，在写了几年的微信随笔后，我将之汇集成为《中小学书法理论知识趣谈》的大部分内容，并成功出版了。手机微信写作太方便，躺在床上能写，蹲在厕所能写，走在路上能写。长篇的能发，一句话的也能发。慢慢地让人爱上了写作。

年少的时候，跟老师对着干，不写不交日记；成年之后，作文老写不好，才发觉错过了时光。

或许是少时错过了写日记，今时要我用微信偿还，偿还到夜深人静的时候，我还出现在朋友圈里。

有人说刷微信，就是刷存在感。这对于我，算说对了一半吧，因为我有一部分教育信息在里面，需要传播。但是还有一半不对，因为我的微信朋友圈只对小部分好友开放，其他人看不到。如果你能看到我的朋友圈，就算厌烦，我也恭喜你！

希望我的日记没有打扰你。

（2020年1月8日）

## 读自己

新书《中小学书法名师之路》要校对了,我打印出一本厚厚的书稿,出版社排版排得很美观,418 页的书稿,我一字一句地读,读自己的心迹。

读得忘我了,忘掉现在的我,因为书写的是我的前半生,那前半生的往来,很熟悉,很入味,渐渐地我进入了佳境。

读自己的书,很顺畅,因为每一段文字,都是往时的再现,前路的记忆,曾经的思考,旧时的独白,很合拍。

读自己的书,很兴奋,因为又一次品尝到久违的味道。夹杂着一分清醒,多少错漏,还算看得出来;生发着一分喜悦,多少修正,都不觉得烦琐。

如果是别人的书,我真不知道哪时候才能读完。

(2020 年 1 月 7 日)

## 一手拿四支笔抄写作业,你见过吗

一手拿四支笔抄写作业,如果不是我亲眼看到,打死我也不会相信。

做书法老师那么多年,去年的今天,当我在初中一年级班上查自习时,发现这一特别的举动,我非常震惊!

对于学生,我只能说,没有做不到,只有想不到!

应试教育环境下,书法老师越来越头痛,你一周教他一节课的书法规范,还没练上几笔,他五天作业的"赶工"就把你的良苦用心打进了地狱!怪他还是可怜他?

这个学生作业量太大,上交太急,没有办法,因为学科老师纠错题罚他抄 20 遍。既然脚用不上,两手不能同时开工,只好一手拿四支笔,探索一次同时写四行了。

我早就发现，书法老师越来越难开展教学，因为学科老师、家长对书法教学检验的唯一标准是学生的作业写美了吗？

学生作业量太大又急着去完成时，心里想到作业就烦，能完成就不错了，还有写好看的心情吗？也许写一天可以，写一周可以，写一个月，写一年呢？

我在这里不想去推脱作为一个书法教师的责任，但是在繁重的作业任务下，让我苛求学生每一科每一次作业书写都做到端正美观，我心虚。试想，一个厨师赶着时间去煎鱼仔能如意吗？一个舞蹈家急着上厕所能走出优雅的猫步吗？书法的笔锋、合理的结构、得体的章法，是要费点时间的，是要熟能生巧的。为此，学习书法不意味着马上就能将作业写好，需要看功底、态度和速度！但是话又说回来，不学书法，态度再好，再放慢速度，想写好作业门都没有。

建议小学低年级别错过硬笔书法的训练，小学高年级及时赶上末班车，否则到了初中会事倍功半。

（2020年3月11日）

# 当今书法界遍地"救世主"

自古以来，文人相轻，当今书法界也是如此，遍地是"救世主"。很多人无论自己学习时间长短，水平高低，也无论别人展示的作品好坏，有无功名追求，一来都把自己摆在代表至高无上的位置，拿中国文化的神圣，借王羲之技艺的高古，以贬评别人一番为快。

见别人的字，就习惯性地发牢骚。比如遇上名家的字，一定要说人家还算不上大师，其实人家从没标榜自己为大师；见到某展览的作品，一定要说这也算书法？其实人家从没说自己是书法家。

不是不可以说别人的缺点，关键是书法批评需要一分为二，要客观看待别人的长短，人无完人，艺无止境。批评首先应保持对别人的基本尊重，其次要起到对别人的教育和促进的作用才行。

别人写张作品出来交流，甚至无意展示，也没有狂妄自大之意，你却上纲上线,苛刻讽刺别人的作品,那就得考虑你的人品有没有问题了。

比如,一老人家退休后写几幅字当别人打麻将一样消遣,人家没有做书法大师的理想,更没有以书法谋生的需要,你非要拿书法专业的最高标准去评他的不是。

书法的繁荣,需要引导,引导需要平和。书法的发展,需要教育,教育需要宽容。希望书法批评者多学一点教育理论常识,多站在别人的角度,客观地表达自己的见解。

(2020年3月15日)

# 西湾红树林公园设计上的遗憾

我喜欢去海边,深圳湾公园是我最喜欢去的景点之一,它的环境雅致,设计通透、贴心,令人心旷神怡!可惜离得太远,不便常去。

宝安的西湾红树林公园开放了,令人兴奋。我去了好多次,感觉自然环境得天独厚,公园中红树林的规模不小,延绵较长,并且长得茂盛,加上有海上观景平台、长虹似的沿江大桥,总体上,除了海岸线短,其他不比深圳湾公园差。每当夕阳西下,晚霞、桥影、飞机、水波构成的画面,多么迷人!

因为离家不远,我常常到那里去走一走。我习惯沿公园上边的路从东往西闲逛,希望把上边的园林和海边的风景尽收眼底,但是,这两部分之间,除了西边的一小段外,其余路段设计了一堵高1.3米以上的石墙,那面墙很宽厚、很雄伟,也让人压抑,有喘不过气的感觉,还挡住了海边的风景。如果能换成栏杆或像深圳湾公园那样的铁链多好,这样能让上边的园林和海边风景融为一体,拓宽游客视野,也让安全巡逻容易到位。

另外,西边的一小段改墙为柱子加铁链,通透是通透了,但上、下边路面高度差可能有1.8米以上,比深圳湾公园高多了,用低矮的铁链相隔,如果小孩不注意,就可能从上面掉下去,相当危险。不知到过西湾红树林公园的游客是否有同感?

(2020年3月29日)

# 从"西湾"两字说他是不会写字还是不会书法

深圳市宝安区西湾红树林公园里有一块石头，上面刻有"西湾"两个字。这两个字，给我的印象很深刻：一方面我经常去那里逛，见的次数多了；另一方面，可能是个人心理上的原因，每次见到这两个字，我都被吓着。因为带着闲逛消遣、娱乐放松的心态去公园，见到这块笨重的石头，还有四平八稳、肃穆端庄、霸满空间、无情无趣的两个字，会让我的心情莫名地增加了一点沉重，不自觉地产生三分反感。

谈谈这两个字的书写吧，"西"字笔画太少，"湾"字笔画太多这一点，要把两个字写得和谐，真不容易。但作者还是硬扛了，他的字成了一个重要景点的地理标志。

说他不会写字，因为他的"西"字用的是楷体，楷体里面是竖弯不是竖弯钩，这是小学生都懂的文字规范。古今书法名家应该没有写成竖弯钩的，因为在那么小的空间里，写竖弯都难，行书里还省略成一竖，看看苏轼、王羲之的"西"字就知道了，还有谁会多余地去加一个钩？这个钩很美吗？画蛇添足而已。你看唐代的大书法家颜真卿的楷书"西"里面是不是竖弯？如果要钩，那是行书里，为了连带下面的横，往下写，如横钩状，合情合理，看看宋徽宗赵佶写的"西"字便知。

说他不会写书法，两个字里，"湾"字仅三点水用行书笔法，连带加飞白，很唐突，可谓行云流水、风流倜傥，这与两个字的其他笔画，头头尾尾全是一丝不苟、转折全为方笔顿挫来搭配，实在格格不入，好像一个人穿中山装跳鬼步舞，很别扭。

其他的就不分析了，疫情宅在家无聊，找点话题打发时间，敬请"西湾"书写者谅解。

（2020 年 3 月 29 日）

# 从未有过如此强烈的学术期盼

等待这本"我的前半生"的《中小学书法名师之路》的出版很煎熬。因为它走过太长的时间。15个年头不间断地专注于大学、中小学书法教学理论研究，才有这样的遇见。时常封闭自己，透支身体，开始感到很累了，很无趣了。虽然曾经也得到过不少的精神满足，但也想改行试试摸麻将、打拖拉机、遛遛狗，那个味我还没有尝过。

因为它有点追求完美。也许是第十本书，也是预测中到目前为止个人学术的最高峰，希望能顺利出版之后，好好退出江湖。所以修改得很认真很细致，可能还犯上了强迫症。

因为它保持了我个人不折不扣的学术原创态度。最近深圳某名师抄袭事件成了"网红"，让人大跌眼镜，人家的书真是那么容易完成出版？大量照搬当作引用，真是天大的笑话！回想2013年我出版《中小学书法教学法》时，有个经常发表文章的小学语文老师问我：里面的内容真是你自己写的吗？我简直不知道怎么回答这样一个出版常识性的问题。心底里暗暗地开玩笑说：文字不是我发明的，我抄用先人的汉文字。

广西师范大学出版社在编辑《中小学书法教学法》这本书前，要我承诺书稿的原创性，我真感严肃。为了不出现版权问题，经检查，原本我从网上下载的一张蝴蝶图片、一张枫叶图片用于说明书法结构对称原则，令我非常不安。最后赶快处理，改用小孩买的塑料蝴蝶拍成相片，又花半天时间，约一个家长陪同，中间挨雨淋，在宝安区政府广场附近的绿化带找一片有特色的对称树叶，拍成相片，两张全换上，才放下心。抄袭别人占为己有，不可为也。感谢小时候艰苦生活的磨炼，没有糖吃，就好好地望着别人吃，把口水吞在肚子里，不能去抢，也不能去偷。

因为它呈现了多年修炼得来的朴实心态。这本书和《中小学书法教学法》一样，写得很平直，没有华丽的语言，没有巧妙的布局，也没有新奇的内容，只有普通教师工作的家常，写了就写了，就是这个样。如果要说其中的价值，那就是夹杂着一点傻人的智慧，一点傻人有傻福的成功之道。我本农民，能教书糊口足矣。学术乃业余之好,自感不需硬撑,才可享其中之乐。至于名利,顺其自然,得之不拒,一无所获不卑,任由天意。

《中小学书法名师之路》在出版社三审已经完毕,个人也完成了两次校对修改和出版社"三审存疑"的修改工作。400多页的书,最终与编辑的想法达成一致,思路、内容、结构大致定型,昨晚兴奋得差点失眠,今天心情保持舒畅,好一个强烈的学术期盼,应该很快实现了。

(2020年4月6日)

# 窗外的风景在心里

每天起床后把窗帘拉开,对接外面的世界,总是感到很精彩。同样的风景,我看了好多年,在眼里又在心里。每一天看到的是眼前的直播还是记忆的再现,已经说不清,但是从来没有厌倦过。

我喜欢窗外的风景,窗外由近而远,都是心之所爱。正对的花园,绿树繁茂;最有幸的是,花园的边上,楼宇之间,特别给我们家留了一个通往远方的口。口子外面,建筑物特别悦目,弧形橙色的是一所幼儿园,网格橙白相间的是一所中学;远处是碧海湾公园的山,与高楼错落成爽心的风景,连到天外的云彩。

我从小生长在山里,总是习惯怀念山林的翠绿,溪水的清澈,还有从云山相连处传来的砍柴人放情的山歌声。童年的冷暖珍藏在早已回不去的山间,窗外的花园和山景,为我寄托着万千儿时的遐想和情思。

我从小生长在农家,学习文化成了血液里的梦想,挥之不去。窗外的学校,延续了我作为文化人的芝麻般大小的清高,满足了我的无法透露的虚荣。

窗外的风景,或许是因我而置,因我而留的。我们看上这套房的经历很奇葩,第一次看房,没有人开门,一家人从窄小的厨房窗户爬进去;第二次看房,室内楼梯还没有安装,一家人爬着不够长的木梯上二楼。而让我们最动心的是,无论阳台,还是楼上、楼下卧室的窗外,都是那相同的风景。因此,从看房到签约，一周的时间总是感到太长。

窗外的风景，或许是因艰难得来而增值。因为这先入为主而又贴心的风景，那年初一，我在老家积极地走亲戚，讨首付的钱，那种尴尬，真不想再去回忆。

（2020 年 5 月 10 日）

# 品读自己——熟悉又陌生

喝足清茶，关上房门，安稳地靠在床头，用手机打开个人拙著《中小学书法名师之路》的电子稿，没有太多的目的，只是写的时候太费心，现在想作为读者，享受一下读书的轻松，也打发因疫情被关在家里的时间。

品读这本书，其实就是读自己。在读的过程中，作者与读者在不知不觉中，模糊而又清晰地变换，你中有我，我中有你，那么有机地融合在一起。

从一字一句里走进去，记忆的情境又再现了，遗忘的心事又修复了，天马行空的想象也弥漫开来了。看到熟悉的片段，文字加记忆，数页一翻而过；看到陌生的片段，有时只是三两行，会让你苦想沉思，甚至发呆，决意要把遗忘在遥远的真实挖出来；看到动情的片段，心潮涌动，泪湿脸庞。一章一节，如同引起共鸣的电视剧，让你陶醉。

读自己的书，读了经历的那些人和事，才知道他（它）们早已成了自己生命中的财富。曾经扶持自己的人，常怀感恩之心，是一种幸福；曾经伤害自己的人，不知不觉早已放下，留下了坚强作为交换；曾经耽误自己的事，只不过是小小的插曲，早已随风飘流到云天之外。有些曾经的荣耀，后来被看成了笑话；有些曾经的不幸，后来被看成了恩赐。多年之后，终于明白，什么都是事也都不是事！

读自己的书，读自己的人生，熟悉又陌生。恍惚发觉，看别人，看自己，永远都看不透，也不需要看得太透。很多人与事，好与不好，对与不对，只是一瞬间的说法，等多年后回头，答案也许和今天的不同。

时常以为镜子里的你很真实，但他却与你完全相反，读懂自己真不容易。

（2020 年 5 月 28 日）

# 工作室加装门槛的启示

突然发现工作室有老鼠光顾的痕迹，于是叫师傅来做简单的防范，为了把门缝堵住，师傅用木条做了一条门槛。一下子让我消除了顾虑，心里舒坦了起来。

书法活动需要高雅、整洁的环境，加之我久不久会犯洁癖症，工作室的卫生自然成了一件大事。另外，因为经常有人参观的缘故，卫生问题我一直是很上心的。

加装门槛后，我开始很不习惯，怕进出会碰到脚，因为原来的石坎与室内外地面是平的。后来想想，其他办公室新安上的铁门，哪个没有一条铁门槛呀，便又放下了心。

中国传统住宅的大门入口处必有门槛，门槛明确地将住宅与外界分隔开来，为阻挡外部不利因素及防止财气外泄，通常槛都高于地面。从这样的角度看，工作室的门槛，让我对它增添了一点好感。

恍然才记起，往时没有槛，走廊的尘土都随风吹进了室内，有时阿姨给走廊拖地或冲洗时，污水总会从门下流进来，难怪每次拖地，门口那部分都是重点。这下好了，外面的晦气完全被挡住了。

于是我想到，过去的兴趣班训练，效果不佳，是因为学生只要报名，就可以进来，没有设门槛。本来有些学生就不适合学书法，却硬要让他学怎么能学得好？曾经有个学生来了，把字写在画毡上；还有一个，偷偷地剪桌面的画毡，他说要试一下这种材料好不好剪。完全偏离了学习书法的目的。今后得立个门槛，拒绝这样的学生进来。

门槛防止财气外泄的说法当然不能信，但是这样的吉祥含义，倒还是让人喜欢的。一个书法工作室，讲财气有点过，但讲学术成果，甚至知识产权，还是必要的。

工作室的宗旨是推广书法教育、服务社会、培养新人，因此，将来工作室的各项工作也应该有所选择，心里需有个门槛，才不至于"漏财气"。

加装一条门槛，有必要婆婆妈妈那么多话题吗？虽然人不能生活在虚无缥缈的幻想中，但偶尔生发一些美好的联想，倾吐一些真实的感悟，寄托一些前进的希望，总会有益身心吧。

（2020 年 5 月 28 日）

## 不揭穿别人是一种修养

也许是因为出身贫寒、家教森严的缘故，我从小就惹不起事，闯不起祸，生怕负不起责任，逃不过父母的重罚。成年之后，做事自然胆魄不够，做不成什么大事。回想起来，一直以来做事都按规矩办，擦边球都不敢打，因此失去了很多提升或收获的机会，但能温饱平安，对我已是很大的成功，没有什么感到特别的遗憾。

走过风雨，在经历生活和用心感受之后，我觉得人诚心安。因为诚，做人做事坦坦荡荡，让自己保持一个真实的模样。不为修炼成佛，只为在阳光灿烂的日子里不让心上布满阴云，甚至提心吊胆。即便因此容易被人利用，也不必过于担忧。世事的险恶你今生无法回避，该你的你得承受，也要承受得起。绕过这个山头，依然还会有下一座山，生活中总是有很多预料不到的人和事环绕在你周围。

我坚信人善有福。怀善心，不做损人利己的事，不为高尚，只为能持一颗平淡的心，不卑不亢地生活，日夜安宁。即便因为善，容易被人欺骗，也不必惧怕。从这里失去的，别的地方总会得到，别人欠你的，上天会还你。

深圳可以说是在竞争中崛起的城市，每个到深圳的人，想立足，就得想办法比别人出色。在入职前，可能已经经历过多轮选拔，于是，"要把别人比下去"一不小心成了很多人工作中的思维，这种思维用得好，个人就能得到进步，用得歪，可能就变成对别人的伤害。要是哪一天，与你共事的人的小心思被你看穿了，也不必揭穿，因为这才是自己的修养。即便无法说服自己一笑而过，但一定能让你在将来的交往中保持清醒，如果能从容看待他人的表演，何尝不是一种眼界的拓宽。

说起来可能得罪一些人，我从任教大学到任教中小学，有一种说不清的感觉，好像是学生年龄层次越往下，育人工作越细的原因，导致教师层次越往下越会斤斤计较，越感觉难以相处。是不是因为教师们经常与学生斗智斗勇，摆平的事无数，个别人因此老是觉得自己聪明而有智慧，哪能轻易去吃一点亏？如果真碰上这样的人和事，应该多给予理解和宽容，这就是你的修养。

　　有时候受伤和失败不见得是一件坏事，它会让你变得更加成熟。予人诚心，给己真心，生活便可安心；予人善心，给己良心，生活便可宽心。生活中，不轻易地揭穿别人，给别人留一点自尊，是一种可贵的修养。

（2020年5月28日）

# 给自以为是的人一点同情

　　我佩服那些眼光独到的智者，他们能在有意无意中给你点拨；我羡慕那些慈和的仁者，他们能在有心无心时给你温情；我讨厌那些什么事都有所谓的独特见解，却抓不住主题，能说鸡蛋里面是方块的自以为是的人，他们老是让你无所适从。

　　对事物有不同的见解不是坏事，说明他思想敏锐、思维活跃、善于分辨、容易把握是非。只是有些人，习惯性地要发表一点不同见解，显示自己比别人更高一筹，那性质就变了。他让简单的事情复杂化，甚至神乎其神，让别人云里雾里，或是天方夜谭。他说的话总让别人听了不顺耳、不愉快，按他说的去做最终十有八九会变成坏事。

　　自以为是的人对事情主次不分，可是他却表现出什么事情都比别人看得准。你一头黑发他看不见，耳根后的一根白发，他却看得很清楚，能果断给你下一个结论：你要么营养不良，要么熬夜太多。他预见能力差，判断能力弱，可是他表现得什么事情都比别人懂，他能把事物的现象看成本质，还认为看得很透彻。

　　自以为是的人不喜欢给别人捧场，不乐意听别人的意见，喜欢把自己锁在狭窄的空间里，自高自大、自我陶醉。只有在碰得头破血流之后，他之前的言行成了笑话时，才会领会别人的善意。

工作中碰到自以为是的同事，你很难合作；碰到自以为是的领导，你很难得到发展。如果现实中你真遇上了自以为是的人，绕也绕不开，也不必苦恼，既然你无法改变他，唯一可以做的，就是观望。不必轻蔑以待，但留一点同情，这样的人活着也是真的不容易。

（2020年5月28日）

## 我假装看不见

疫情之后，世界没有风景，只有口罩。宅家的日子很消极，好像空气变得灰蒙，声音也变得浑浊了。

4月的愚人节，阳台突然亮丽了起来，红木香第一次恣意开放，色彩鲜艳、芬芳袭人，给人带来了一点惊喜。但我假装看不见，想把说不清的美好预感甜滋滋地珍藏在心里。

5月9日，阳台突然热闹了起来，一对小鸟一整天不时地飞进飞出，叽叽喳喳，分了女儿上网课的心。无意间去观察一下，发现小鸟在窗前人心果树上筑了巢。去年也有过这样的事，一直想那是偶然的，没想到今年还会继续，不禁又让人多了一份新的惊喜。

至此，我忽然心生了联想，书稿修改校对、多方约字等终于交差了，上完一周的班基本上找回工作状态了，"神兽"准备复学的家长会也开了，似乎一切开始顺畅了起来，应该是有好事要来临了吧！

于是，在小鸟似乎感到自己的筑巢属于违建，带着警惕的样子，一只放哨，一只搬运棉絮杂草时，我躲在窗帘里欣赏，即便出了阳台，也慢步轻声，尽量不对它们直视，假装看不见，希望给它们更多的安全感。

（2020年5月28日）

# 工作室的价值在于它的灵魂

市级书法名师工作室成立多年了,作为一个对教研工作有点特殊分量的阵地,时常成为学校来访客人必不可少的参观景点,工作室的特色和成果,得到不少领导、专家、同行的赞誉,被媒体做过多次报道。同时,作为学校中华传统文化的教学阵地,也令不少师生、家长向往。

作为工作室的主持人,多少会有一些自豪感从心底油然而生,我对学校领导当年以独到的眼光来规划,以丰厚的物力、财力投入来支持,为我创建如此高大上的工作室,心怀感恩;同时也为自己这么多年坚定不移地倾注心血而点赞。

很多同行说学校要给他建设书法工作室,问我怎么做才好,能否给点意见。我想,还是让我对自己的工作室建设,略做简单的回顾和思路上的梳理吧。

我觉得书法工作室可以比作电脑,电脑有硬件和软件,工作室也有。硬件是基础,是形式;软件是内容,是灵魂。

建设一个书法工作室,首先得有好的场地,硬件上要围绕工作目标来做,并做出档次来。其中,有和其他功能室相似的舒适度追求,电化教学设备追求,也有自己个性特色布置上的追求。舒适度方面,有灯光、空调等;电化教学设备方面,有电脑、打印机、多媒体设备等;个性特色布置方面,有书法用的桌椅、桌上的文具材料、书柜书架、图书资料等。

这些硬件的准备,只要有钱,都不难做到。对于深圳的学校来说,经费可能不是太大的问题。因为中小学书法教学法的研究和推广,近年我走访了深圳不少学校的书法工作室,有很多令我大开眼界,其中不乏昂贵的古色古香的红木桌椅、书架,甚至茶几、石头摆设,木雕刻字,那个富丽堂皇,让人流连忘返。

有些学校在书法兴趣公开课上还特别让学生穿着汉服,练习时播放音乐,让学生陶醉在指间的一笔一画中。课间休息时,教师在工作室的茶几上,泡上一杯清茶,带出了琴棋书画、诗酒花茶的美好心境。

以上这些,看似热闹,但却只是一个书法工作室的形式,还不算是它的灵魂，也不是它最重要的价值所在。一个工作室的灵魂在哪里？要看它确立什么样的思想，这个思想有什么样的高度、能产生什么样的学术成果，对成员、对学生，乃至对学校、对学科建设有什么样的积极影响。

基于这样的认识，同时也是个人的爱好使然，我的书法名师工作室定位在科研为重之上。具体表现在中小学书法教学法的实验与研究、书法教师的发展研究、书法课程与教材的开发等之上。这样的定位，还有另外的原因需要做说明：一是它本身是市级书法名师工作室，这样的级别，全国并不是很多，它应该尝试拿出一点胆识，有点担当，尽可能追求力所能及的高度；二是作为有大学到中小学教育经历的工作室主持人，不应该浪费这样特殊的学术积累。

当然，我这样的认识和行动，是有一定的心理阻力的。主要是书法工作室承接的市级研究活动的职能和学校书法教学需要之间，存在较大的差距。在同事的眼里，他可能想到的是你的工作室每年又带几个学生去参加比赛获奖了？以此来评价你的成效。

其实，我在学校工作的重点是面向全体学生，以提高学生综合素质为目标，给每个班的学生开设书法普及课，也曾被学生评为最受欢迎的老师。我没有把工作重心放在培养几个书法精英带去参赛上，因为大家精力有限，等待学习的知识很多。

在撇开一些误解或成见之后，我坚持自己的工作室发展方向，至今也产生了一些可喜的成果。

中小学书法系列图书成功出版了 10 本，在全国引起了关注，有些被大学书法课、教育专业、中小学和社会培训机构当作教材；多门课程被评为市级中小学好课程、市级推广课程、市级教师继续教育课程；课程成果获省教育教学成果一等奖；书法教师的发展模式得到了肯定，一批书法工作室成员快速成长，国内众多书法教师主动要求作为编外学员，加入工作室交流或接受指导；作为主持人通过评审成为全国首位中小学书法正高级教师，所出版的《中小学书法教学法》和《中小学书法名师之路》成为工作室的主要学术成果，给同行带来了一定的启示。

因此，窃以为，一个书法名师工作室的价值主要在于它的灵魂。

（2020 年 5 月 29 日）

# 阳台的鸟巢孵出小鸟了

阳台有小鸟来筑巢已是第二年了，去年有两种鸟类分别在人心果和紫藤上筑巢、下蛋、孵化出小鸟，给家人留下了非常美好的回忆，也让家人对阳台的环境增添了更多的关爱。于是，大家对养花种草、地板清洁、龟池冲洗等，都更为积极，杂物摆放也更加注重条理。

今年小鸟在人心果上筑了一个新巢。从筑巢的第一天起，就开始给我们带来不少的喜悦。漂亮的新巢完工让人惊喜，下了蛋又让人惊喜，之后看小鸟静静地孵蛋，也让人惊喜。这几天发现小鸟老是外出，不在巢里，多少会有点担心，猜测小鸟孵蛋不专心或者放弃。今天中午，忍耐不住，踏着凳子，偷拍一下鸟巢，才发现已孵出幼鸟，给人更大的惊喜。小鸟筑巢后，朋友说我的分享和我都很有趣，我说，别人有钱都养宠物，我没有钱买，宠物自己找上门来，还不用我喂养，怎能不高兴？

看到幼鸟之后，我特意躲在鸟巢附近客厅的窗帘下观察，发现两只小鸟不时欢声笑语，来回飞舞，嘴上叼着虫子来喂养幼鸟。后来发现小鸟非常警惕，嘴上叼着虫子，先飞到防盗窗停留，反复观察，再飞到巢里。

我佩服小鸟的眼光，筑巢繁衍后代，选择的位置那么讲究，整洁优美、安全舒适，还有人文和谐。

说整洁优美，人心果生命力旺盛、枝繁叶茂、很少掉叶，叶子层层叠叠，墨绿厚重、清新可人，旁边的枣树不断发新芽，原先光杆的荔枝树更是嫩叶布满枝头，树根下，益母草一夜冒出来，粉紫色的小花层出不穷，阳台右侧的角落，一派生机勃勃的景色，极为养眼。因为我每周要给乌龟池清洗换水，冲洗阳台地板，所以也从不忘喷洗各种花草树叶上的灰尘，这样的环境就是环保的。

说安全舒适，复式楼的阳台，还比较高，也比较宽敞，通风不错，人心果上的巢距外墙有一米八，雨绝不会淋到，加上位于贴近二楼楼板下的墙角，三面靠墙，自然刮风下雨也不怕，同时眼前的世界清清楚楚。

说人文和谐，或许是我有点自作多情，但是也不无道理。对于这个方寸的阳台天地，我们将其当作家庭珍贵的室外活动空间，每天出去站一站，伸个腰，看花红叶绿；看天上云起，飞机掠过，多少诗情画意，醉了家人。因此，对阳台的关爱与付出，也随之而来。

你看，因为喜欢花草种植，我安装了自动浇水系统，保证出差的日子，花草不枯。因为喜欢花草的清新，不愿周围暗淡成格格不入，阳台外墙的橙色，我自己刷了好多次。巢下的龟池，早设置了阳光浴的晒台，让龟们享受；生怕大的咬小的，前几天我刚请人用亚克力板隔离成两半。鸟儿啄吃好不容易养成的果，我们从不去驱赶，因为它们温饱都没有解决，我们何必奢侈用来观赏。每当鸟筑巢，我们在客厅看电视的音量都会调小，更不用说出阳台还要小心翼翼了。似乎在不知不觉中明白，人与自然需要和谐。

鸟为外来客，有人说其通灵性能预见未来，所以它对巢穴的选择非常挑剔，能选择在有人居住的窗台上筑巢更少见，没有紫气之气象鸟是不会选择的，所以有鸟在现居住的窗台上筑巢便是大吉之兆，家人必会交好运。我不敢苟同，但我相信爱出者爱返、福往者福还。

还有人说家和人善才会有鸟来筑巢，说出来虽有自夸之嫌，但我想记在心里，来提醒一家人今后好好地去修炼，不然对不起这些生灵。

（2020 年 5 月 30 日）

## 把心寄回童年

又一个"六一"儿童节，一大早起来，发现朋友圈又有人开玩笑地发来节日的祝福，无比风趣，已经淡忘的童年的概念再一次清晰了起来。

童年的"六一"虽然再也没有资格去享受了，但是童年的美好，依然留在心间。不要感叹自己已经老了，童年的时候，我们都盼望自己能够快快长大，今天我们终于站到了高高的领奖台，得到鲜花和掌声了，也该祝福一下自己了吧。从这个角度说，"六一"儿童节也并非与我们无关。

我喜欢把心寄回童年，寻找长大后再也见不到的纯真，忘却如今世事的纷繁，数一数童年时那些天大的理想到今天已经实现了几个。

回忆童年的"六一",心存对父母的无限感恩。童年的"六一"过得很简单,没有祝福,没有仪式,不像今天的小孩子会收到精美的礼物,安排烛光晚餐,那时的"六一"大多只有和三两个同学在广阔的田野里追逐打闹。童年的"六一"心思很复杂,别人家的小孩穿上新衣,相约去街上游玩,我看见父母因无能为力而流露出的伤感,懂得可怜天下父母心。因此,我修来了诚朴,学会了承受艰难,稳步走向社会,顺利走到今天,我哪能不感恩父母?

回忆童年的"六一",我更加珍惜当下的幸福。童年的"六一",偶尔能参加庆祝会,很开心,最难忘的是,获过一次大奖,领到过一本所有同学都羡慕的书,很厚很厚,我的名声一下子传遍十里八屯,还记得那本书书名叫《渔岛怒潮》。

因为当时农村的教育条件太差,加上年纪很小,我根本看不懂这本书。但这本当时家里根本买不起的书,却激发了我对文化学习的兴趣,增强了我对美好生活的无限遐想,让我增强了信心和动力,走出了人生最珍贵的第一步,即考上了重点中学,之后脱离了父母辈面朝黄土背朝天的生活。

想起当时农村三个月没有一块肉吃,而现在要控制自己不要餐餐吃肉,这样的生活放在童年那时候,简直是天方夜谭!回想当年农村的万元户,我家恐怕八辈子也追不上,今天我却意外地成了"百万富翁"(深圳人的房子谁家不升值了几百万啊)。因此,我更加懂得,要知足常乐,多多去感受当下生活的幸福,珍惜再珍惜。今晚喝一杯吧!

时常把心寄回童年,"六一"的美好还在那里。

(2020 年 6 月 1 日)

# 平果书坛的平常心和硕果

平果是我的家乡,要说对平果的认识和关注,应该是从在平果中学读高中的那时候起,至今已有整整四十年。高中毕业后,虽然离开平果求学、工作,但不管在百色还是后来到深圳,不管是单身时还是成家后,我几乎每年都回平果，回到旧城的乡下过年，平果的城、平果的人、平果的文化印象从来没有在我的心里变淡过。

平果对我来说很神圣。在旧城下面的村里从小学读到初中，没有出过坡造，我有幸考上平果中学，才第一次见到极少扬起灰尘的柏油路，多么舒坦；见到有百货大楼、书店、饭店、电影院的县城，多么震撼；平时能在三层楼、有玻璃窗的教室里上英语课，多么时髦；周末爬上马头山上的望江亭，看右江上的行船，多么浪漫和有诗意；能学会用一口流利的桂林话进行交流，感到多么的有文化。因此，在当时我认为世界上最美的地方、最好的学习环境和生活状态，就是平果这样。这种对城市概念先入为主的认识，让我刻骨铭心，以至之后在百色、在深圳再也找不到了。

我愿意保存当年的平果印象，因为它很神圣，但我更愿意刷新对平果的印象，因为它早已经变了，城市的环境和文化简直是通过格式化，重新整起来的一样，特别是在撤县设市的今天，它的美丽、它的精神足以让世人惊叹，让我这个平果人充满自豪和骄傲。

缘于职业的敏感，有关平果的信息我最为关注的是书法。在三十多年的书法职业生涯中，因为撤县设市活动，承蒙颖武兄、云龙老弟的关爱和邀请，许我拙作参展，算是第一次参加家乡的书法活动，为此我在平果书法家协会里找到了家的感觉。

最近，我突然想写一点有关平果书坛的东西，但因为存储很零星，又因为平果变化太大，我长期在外工作和生活，平时接触的大多数是网上的信息和联系，了解十分有限，生怕写出来有误，一直不敢动笔。但再三考虑，作为思想交流，书友们应该不会太过于介意其中的不妥之处。

关于平果书坛，于我所接触的人和事看，从早些时候的记忆，到最近一些年的感觉，给我的印象是平常心和硕果。

所谓平常心，就是三十年以来，我所看到的平果从事书法的朋友，绝大多数人开始都是抱着玩玩的心态，让生活多一点乐趣，在顺其自然中去坚持去发展，哪怕后面出了些成果，还是对名与利并不是那么刻意地追求。

百色的书法从地区书协、百色市书协、百色印社等多个群体开始，不少活动各自相对独立，多少有些观念上的差异，甚至理念上的冲突，谁能走得更高更远，不好评说。平果的书法圈子一开始就比较小而集中，这一点与百色明显不一样，它有优点也有缺点。优点是如果走得正走得和谐，那就能带动整个平果书法的繁荣，在团结中壮大发展；但也有缺点，一旦走歪了，全军覆没，再没有其他社团替代平果了。

平果的位置很尴尬，在百色与南宁之间的中点，作为百色市下属的一个县，往百色并不方便，但过去很长一段时间里与南宁的文化交往也并不密切，有些麻烦。但这又给平果带来了一个优势，可以两地取经，拓展思路，以平常心来玩书法，但不与百色争，也不与南宁争。

平果的书法氛围在二三十年前并不是很浓厚，书法活动远不如靖西、德保、凌云活跃。也许那个时候的平果，大家觉得有空猜两码喝两杯远比玩书法更有意义。我在百色做书法教师多年，每次回到平果，都是喝酒，没有今天有的人喝茶写字那么隆重。那时候，书籍、笔墨也不好买，加上也没有很多人出来推动书法活动的开展，引导书法风气的形成，书法基本上是自己摸索的。

值得庆幸的是，黄吉超、黄明春、李山三位仁兄为平果书法开了个好头。1989年元旦，他们在百色举行三人联合书法展，在当时落后的百色书坛，被认为是好多年以来，最隆重、最有水平的书法展，作为领头的黄吉超，因为曾深得欧阳中石这样名家的教导，在部队有多年严谨的训练，书法作品的风气纯正，给百色书坛带来了很大的启发。黄明春、李山作为公务繁忙的人，能潜心写字，创作出那么多优秀的作品，让书法爱好者感到无比敬佩。在这个展览之后，更多的平果书法爱好者，开始向他们看齐。那个时候，我刚从右江师专英语专业毕业，留校做了半年的兼职书法教师，作为平果人，受到了极大的鼓舞，我想书法是可以往前继续走下去的。

平果对我是个转折点，也是个促进点。我从那里考上了大学，改变了我的人生。我从那里无意识激发了自己对书法的兴趣，之后促进了我改变职业的方向，一直走到了今天。平果的朋友都知道我搞书法，但没有人知道我从县城开始爱上了书法。在平果中学的时候，我最爱看电影，平果人民电影院、新兴电影院的放映海报上的字，时常让我着迷让我心醉，刚好那个时候，我父亲在旧城老家买了一台放映机，给乡亲收费放映，每到假期回去时，为了吸引观众，多赚点钱，我就尽量多写一些放映海报，一屯一屯地跑去张贴，我的毛笔字得到了乡亲们的赞赏，从此更加激发了我对书法的热爱。可以说我的书法之路，应该就是从那时候开始的。

在我的记忆和浅见里，黄吉超、黄明春、李山三位仁兄冒出来之后，从20世纪90年代初期起，我和甘文锋、陶义美、李鹤丹、黄誉斌等便因书法爱好而经常来往。我和甘文锋是在他1986年从合浦卫校去百色实习,也就是我还在右江师专读书时,一起开始练书法的。因为从高中开始做"老同",又同是旧城龙贤人,1988年工作后,回到平果经常去找他,所以通过他认识了平果不少的书友。我于1993年到中国美术学院进修书法,而甘文锋早我好几年已到北京大学研修班去学习,我们算是走得比较正规。陶义美、李鹤丹从其他地区过来,有见识,有正统的师承。还有其他一下子记不起来的优秀书友。总之,我们那批人,远离江湖书法,都是很顺其自然的事。2007年我离开百色来深圳前,平果的书法在百色已露出了头,到达这一步,平果书法人确实付出了很多努力。

因为生活所迫,教育工作繁忙,无暇交流和关注,之后好长一段时间平果的书法对我而言开始陌生,特别是我来深圳之后。近几年,不断见到平果书坛的喜报,一个比一个有分量,我感到震惊!看到平果书协壮大的队伍,我感到欢喜!看到平果书协和谐、上进的气象,我无比激动。

如果对比,过去的平果书法只能说是三三两两、小打小闹,而现在的平果书法,已开始形成了一个较大的面,专业研究和群众性普及都有长足的发展。这主要得益于平果文联官方的决策和推动,平果实力书家们的担当和引领,还有平果文化的繁荣给人们的艺术追求带来了前所未有的观念改变。

平果作为全国百强县,近年来综合实力飞速提升,承传着早些时候不差的书法基础,现在书法繁荣的势头出现,那是顺理成章的事。近十年来,平果文联、平果书协在书法品牌、人才扶持、氛围创设、培训辅导、内外交流等多方面前所未有地铺开,把书法事业真正做到了点子上。

我们看到新时期的平果书坛,怀着平常心,当作日常事,不比谁高低,只看谁勤奋,从容对待,老少开工,不断地产出成果,得到了书法界的关注。

颖武主席作为文联多年的资深领导,敢于担当、身体力行,倡导书法事业,自己练字比谁都勤,有这样的内行人在背后,书协真是万幸,不发展才觉得奇怪。我们看到吉超兄一如既往地坚守,从传统书法到现代刻字,从书协主席到书刻院长,敢于开拓、精益求精,让我这个专职搞书法的人都感到惭愧。还有黄明春、李山、陆宝勤、韩祖辉、李鹤丹、杨宏才、黄谚召等佼佼者,处处做出了榜样。

在文联的活动基地里,特意给德高望重、技艺高强的黄吉超、农逵、韩祖勇、唐云龙等人专设书法或刻字工作室,还有与书法相关的农逵(桂砚)艺雕工作室,将原先只单一对书法创作的关注,提升到书法创作、学术探索、传授推广等多个层面,有这样的理性思考和学术高度,在一个县级的书法界,是极为新鲜的事儿。这对平果书法的快速发展,是何等的珍贵!

平果书协不故封自守,经常外请名家来做讲座培训,让书法爱好者找对找准书法学习和发展的方向,加强与区内外的信息对接,知己知彼,难能可贵。书法教育不光看象牙塔的顶尖,也要看底层的宽厚,平果在有意无意中,涌现出像韩祖勇的丹青书画苑、廖华源的书画培训中心等一大批少年书法普及培训机构,形成了多层次的书法教育风气。因此,我们看到了韦常青、苏刚、蓝福茂等优秀学子考上了大学的书法专业。

一批书法人才涌现和活跃在书协里。比如,我在百色时,经常到他家喝茶、听音乐的王政林局长,当时都没怎么接触书法,但近年书法突飞猛进,作品多次入展全国性展览,并加入了中国书法家协会,他时常热心于平果书协的活动,把经验和智慧分享给家乡人。又比如,唐云龙、苏仁康、陈南海、黄荣清、黄铁民等书法新秀,令人刮目相看。还有三十多年多前一起在师专读书时,一同到南宁二中学书法的黄秋函师兄,从繁忙的领导岗位上退下来后,立马又回到了书法的圈子里,还有师弟黄世强加入了广西书协,师弟蓝海波、陆瑞金、廖栩新、韦阳晨、甘一峰等一直坚持学习和创作,并成为平果书协的中坚力量。还有很多我不认识的书法爱好者,水平也不下于前面的书友、兄弟们。

书协主席唐云龙是我在右江师专时的学生,曾任学校学生书法协会会长,和我当年一样,读英语专业,做书法协会的负责人。他对书法的悟性,应该说是我所教过的右江师专历届学生书法协会会长中最好的,他学东西很专注,而且善于活学活用,什么字体都能写出点味道来。加上他精力充沛和肯干的精神,平果书协委其以重任,百色市书协推选他为副主席,是很合适的。

值得一提的是,从平果走出去的几位书友,在各地也做出了令人骄傲的成绩。甘文锋成为广西书法家协会副主席;陶义美成为广西艺术学院硕士研究生导师;我成为深圳市书法学科唯一的名师和全国首位中小学书法学科正高级教师。他们对家乡的关心和支持,是平果书坛的幸事,他们的奋斗精神也在激励着平果的后生们。

基于这些,我认为平果书坛已取得的成果是丰硕的:一表现在一批成员的书法作品入省展、国展上;二表现在这个团体是和谐的、有凝聚力上,这一点可以在平果书法家协会微信群的交流中深刻感受到;三表现在平果书协对书法艺术的定位、活动开展的策略和方法上,人才培养的机制是有效的;四表现在后续发展是有可预见性上。在这样的条件和平果文化兴市的大好环境下，我们有信心做得更好。

我是平果人，写平果书坛的事，比较有感觉，有点婆婆妈妈，但归结起来就是一句话——平果书坛的特点是平常心和硕果，不知妥否，望大家指正。

（2020年6月3日）

## 为你欢喜为你忧

春天之后的每天早晨，你还没有起床，阳台早已有鸟儿叽叽喳喳的叫声，我已经很习惯。因为阳台种花草，小区花园里的鸟儿总是不断地光顾，再万般无奈，也只能顺其自然了。

有一点让人感到舒心的是，很少见到这些鸟儿在阳台上拉屎。这让我想起了当年养鸽子的时候，虽然鸽子很可爱，但又脏又臭，不禁对野鸟的文明卫生崇敬了起来。

善待万物，善待生命吧。鸟儿打扰了我们的生活，但也给我们带来了不少的乐趣。每当无聊坐在客厅时，看看阳台有鸟儿歌唱，还是挺让人愉悦的。特别是有鸟儿在阳台上的人心果树上筑巢后，每一天都让我们充满好奇，充满惊喜和期待。

我们终于了解鸟儿筑巢、下蛋、孵蛋，幼鸟从诞生到成长，从待哺到独立飞翔的整个过程，从中得到不少的乐趣。

目睹鸟儿生活的世界，给我们留下了太多的感动。

我们惊叹成年鸟儿的勤奋和智慧，从早忙到晚，用嘴叼来一丝丝棉絮、一根根茅草，三天时间，筑成一个精致厚实的巢。

我们佩服鸟儿准确的预感和严谨的育儿安排，筑巢完成后的第二天就开始下蛋，下好蛋后立马孵蛋。

我们更佩服鸟儿对繁衍下一代高度负责的态度，在炎热的夏日里，用10多天时间，坚守在巢里孵蛋。

最感人的是哺养幼鸟的时候，成年鸟儿每天不停地外出，漫山遍野地寻找食物。每次叼着虫子归来，羽毛似乎乱了不少，显得身躯疲惫。幼鸟知道父母归来，就高兴张开大大的嘴等待喂食，成年鸟那种无私的爱与人类相当。

观赏鸟儿的生活，最让人感到兴奋的是，看到幼鸟破壳而出之时，如同家里增添新成员一样，让人欢喜。幼鸟一身粉色的肉，真让人难忘。

幼鸟出生几天就长大了，圆嘟嘟、毛茸茸的，特别可爱，真希望它们不要再长大了。

从筑巢那天起，到今天已是整整35天了，也是幼鸟出生后一周的时间。今天早晨，阳台的鸟声异常热闹。生怕鸟巢和幼鸟有什么情况，我特别去观察了一下，这才发现，一只幼鸟已离开了巢停在阳台的三角梅上，我刚走近，它就飞走了。

我终于明白过来，刚才热闹的叫声，应该是鸟的父母领着幼鸟出巢，在旁边放声鼓励加油！见到幼鸟能展翅飞翔了，心里特别地欢喜。它终于长大，飞上天空，独立地生活了。

我回头看看鸟巢，另外一只幼鸟还在巢里。天下了毛毛雨，我在猜想这雨应该是喜庆的雨，是对幼鸟会飞的祝福。

傍晚下班后，我急着赶回家，想看看另一只幼鸟的情况，发现巢里已是空空的，知道它已经飞走了，一下子感到很圆满。只是天突然黑了，好像要下大雨了，心里莫名地生发了忧愁，不知道它们现在在哪里，下雨时，会安全吗？

一缕对它们亲情般的牵挂，一丝离别的伤感涌上心头，但愿它们带着我们的祝福，在今后的风雨岁月里平安快乐，明年再回来相聚！

（2020年6月6日）

## 德技合一才是成熟的老司机

开车是每天上下班都要做的事,但我怕开车,哪怕自以为是个老司机。之所以怕开车,最主要的是怕路上碰到不守规矩的人,甚至缺德的人。

谈车技,我不敢说自己很好,但说自己是老司机,那是肯定的。我 30 年前拥有摩托车驾照,前后买过四辆摩托车。20 年前拥有小车驾照,前后买过四辆小车。从 F(轻便摩托)到 D(三轮摩托),再到 B1,都是经过严格考核获得的。因 B1 年检麻烦,多年前主动减驾为 C1,之后一直用 C1 驾照至今。

关于车技,不管你驾龄有多长,开车在路上,能快能慢,做到安全,才能算得上好车技。有些人一味地快,没有考虑路况、车身性能、交通规则、应急处置办法,那不算你车技厉害,是车的油门厉害而已。

于是我想起有一年我刚买回新车不久,和一个朋友外出吃饭,因为车位小,停车时让他帮我看一下前后,他说看你这样开车我心都烦,我来帮你吧。当时,我想到位置太小真的需要反复多倒几手才放心,所以告诉他不麻烦了,自己来就行。后来有一次聊天时,他无意中说他那年有两次交通事故,修车很烦人,我问是谁的责任,他回答说每一次双方都有过错。为此,我觉得车技这东西,吹牛不得。

相反,大家都在正常赶路,你却像在旅游观光似的,不提速,让后面的人想超超不了,如果不是你故意慢的,那就是你车技不行。在深圳的北环大道和滨海大道那么顺畅的路上,你遇上这样不跟车流步伐的车,多少都会有些反感的。

开车除了把握快慢,保证安全之外,还要做到让坐车的人感到舒服,才算得上好车技。在变换方向、提速、减速时能做到平稳过渡;在坑洼路面上,不要一味压油门,以减少弹跳频率。让坐在车里的人,感觉不到车的强烈动荡,不造成心理紧张,这应该是驾驶员要知道的,你同意吗?

有些人开车旅游,自己开得很自如、很享受,但车上的其他人却胃里苦水翻滚,本想一路欣赏风景,却变得晕头转向。我和夫人都是容易晕车的,自己开车不晕,坐车就不敢保证了。好多次别人请客,我们跟车去,结果到了吃饭的地方，我们就现场直播（呕吐）。所以，凡是受邀坐车出去吃大餐，我们都不太感兴趣，还是在家吃碗粥吧。

车技好不好，不单要看你驾驶得好不好，还要看你懂不懂评估别人。开车时，你容易控制自己不去刮撞别人，但你不能控制别人不来刮撞你。聪明的车手，他开车时，总会多预测别人，给别人余地，避免用别人的错误惩罚自己。

比如遇上或猜测到别人是新手，你得让一让；遇上女同胞，你也得让一让。有些名车、出租车、班车，都开得比较猛烈，你不用和它们争；有些小排量或老旧车、老人开的车，比较拖泥带水，会车或避让时，你不能急；一些毛头小子，或个别有钱人开车，对别人视而不见，你不能和他们斗。有时得适当调整好情绪，才能有真正的好车技。你要知道，人家不要命，你还得要。

作为一个司机，车技很重要，但德行更重要，很多交通事故，都是人不守规矩酿成的。从来不想让别人一步的人，迟早会有哑巴吃黄连的一天。我比较恨那些自私到不顾后果的人，比如插队的、横过车道的、你慢一秒他使劲按喇叭的。我最看不得的人，是那些总是 S 型东穿西窜的人。有一次，碰到一个小伙子这样赶路：他一会儿左一会儿右，手忙脚乱似的，一会儿就冲得无影无踪。没想到，差不多到终点的红绿灯时，我发现他的车和我的并列停着，我心想，这位兄弟恐怕一路开这车都搞得手臂关节松动，方向盘快移位了，怎么也才到这里，这又何苦呢？

开车不争那一秒，积点德吧。有两次经历想告诉大家：一次是出小区岗亭，我直行跟在一辆车的后面，真不会想到，竟然有人突然拐弯插队到我的前面，我很郁闷，有点生气。还没有等我多想，有趣的事就来了，最前面的车因为不小心车头擦到了围墙，他匆忙后退，没想到后面来车那么快，车尾撞到了插队的车头上。

还有一次，我送女儿去学校，有个女司机老是想从我的右后侧闯道，我看到路太窄，如果多让一点，怕她直冲，可能会相撞，我打灯和按喇叭提醒她注意，看她还有点不满的样子。一段路程之后，我都把她忘了，没想到之后不久，她驾车一下子神速地从我的右侧飘了过去，我夫人坐在副驾驶室里看到她往我们车里使了个得意的眼神，车刚刚超过我们不远，就听到"啪"的一声，追尾了，撞到前面的车了，我真的不知道怎么去同情她。

德技合一才是成熟的老司机！

（2020 年 6 月 13 日）

# 我反对关于孟晚舟书信这样的评价

网传任正非 75 岁生日时，孟晚舟给他写了一封信。对于这封信，有一位网友评价为"赵体字，写得不错"，我觉得实属妄加评论，因此持反对意见。

孟晚舟的这封信，内容感人、字迹整洁，当我第一眼看到时，感到有点震惊，因为她的字体可读性很强、端庄大气、从容自若，与网上有关对她的为人处世、性格气质的描述，乃至个人对她外貌形象的感觉，都有一定的吻合，如果硬要照搬"书如其人"来形容，倒是不算牵强。

之所以感到有点震惊，还有另外一个原因。她这样风格的字体，我曾经碰见过，是我的一个初中学生写的，虽然还远远谈不上什么高古笔法、巧妙结构，且只停留在可读可识层面的文字书写上，但这种外形方正、稳定大方、实用性极强、与众不同的书体，真的会给人很难忘的印象。

我这个学生的书写，虽然还存在某种笔画或结构的不规范，但硬笔字作为中学生实用书写的字体，他的这种风格，在作业或试卷上应用时，它的可识读性肯定会得到评卷老师的高度认可。出于这样的思考，我把这个学生的作品编入了《中小学书法好课程作品集》。

我是书法教育工作者，面对的是中学生，教学中强调书写的实用性和艺术性相结合。在硬笔方面无论学生还是家长都更注重于实用。因此，对孟晚舟的字，我的第一反应是它的实用性真的超好。

你看她的字，阅读起来很轻松，不会让你停顿去猜测其中的哪一个字。字的笔画，用力平均，没有什么提按，从头到尾，墨色清晰，结实厚重，除了她自己的习惯或有意为之外，没有哪笔因为赶着书写而丢失。字的结构，几乎保持在一个方块之中，向四周撑满，汉字的外形特性充分地展现出来。整篇书写章法饱满，字距、行距均匀，像电脑文档的排版那样，实用格式得当，在没有格子的白纸上，能做出这样的布局，很多人是做不到的。

孟晚舟的书信字迹，完全是写自己的理解。她的笔画基本上是直线，横竖加斜线，很少用曲线，哪怕是加快书写，转折处也不太用圆转的方式。从实用的角度看，这样的用笔，让字形架势立了起来，汉字就是汉字。但从艺术的角度看，这种做法就显得比较生硬刻板，这一点与赵孟頫的婉转流美，完全不一样。

再从结构上看，孟晚舟的字布白均匀，充满四角，属于馆阁体式，在实用方面体现了很高的辩识度，但是缺少赵孟頫字形拥有的疏密对比和身段上轻盈的一面。

网友评论为赵体，我想，或许孟晚舟曾经学过赵孟頫书法，但从她的字迹里还是看不到其中有什么承传关系。如果真的有点血脉相连，依我看，也只是因为都是写汉字，都基于实用的目的，在千百年没有明显的笔顺书写区别中，各自不自觉地流露出一些相同或相似的笔形、笔势，那还不能叫承传。犹如你在炒菜时，无意多放了几个辣椒，难道这道菜就成了湖南菜？

书法上这种简单、武断地拉血缘关系的评论，我见过不少，我不敢说评论者是否肤浅，但这样的评论我不赞同，不知其他书友的意见如何？

（2020年6月23日）

# 你的关心让我犯难

通信技术发达了，人与人之间的联系相当方便，无论天南地北，一个电话瞬间就能直达，就算是楼上楼下，有时懒得爬楼梯，也要打一个电话，根本不计较那点费用了。但人们在享受通信技术便利的同时，也免不了受到它的干扰，特别是各种推销电话，让你无法回避，真是烦恼！

这些骚扰电话让你很讨厌，它不分时间、地点、场合，说来就来。我最恨的是，在你休息的时候，需要提起神来接他们的电话；或者在你忙碌的时候，被迫手忙脚乱地接他们的电话；更讨厌的还有，在你正在编辑材料和连接网络的时候，匆忙接了他们的电话后，回头时页面搞丢了。当然这或许是我的手机太老旧或者是我的技术不行。总之，碰到这样的情况，真的很想骂他们一通。

我也想把陌生人的电话做一些诸如屏蔽之类的操作，但又不敢，生怕错过一些正常的电话，所以，不得不忍受。我习惯24小时开机，每当一觉醒来，无论什么信息都满满等候在那里，可以及时翻阅。

开始时，出于对别人的尊重，我对这些骚扰电话还是很诚恳地回答，哪怕很简短，因为对方的确顶讲礼貌的。慢慢地，就烦了，也就不那么恭敬了。因为遇上了好多不快，比如电话一通，对方就劈头劈脑、喋喋不休，不容你插嘴；又比如，有些电话声音模糊、低声细语，搞了半天才听明白是推销；再比如，有些电话你喂了半天，他那边还没有发话，甚至还在转接，耗你的时间，真的很气人。特别有趣或者说滑稽的是，有些电话好像真的很关心你。要是你无聊，想打发一下时间，半个小时都聊不完。对方会从东扯到西，从南扯到北，尽可能从你身上挖出一个他需要的项目来。

我碰到过一个来电，问你要不要卖房，我说不卖了，谢谢了。那你要出租吗？现在有人想租你那个楼盘的房。我说不租，我在住，谢谢了。接下来，他说你真有眼光，当年买这个房，现在房子升值大了（夸到你心醉），你现在可以在原来的基础上增加贷款额度，用来做其他投资，我说不用了。他又说你不考虑再买一套房吗？现在某个地方的楼盘有跳楼价，现在买，几个月后就有钱赚，你想想有这么好的条件，这么好的机会不做，一天等你那点工资吃饭，多累呀（刺激你到伤感），在深圳这个地方，撑死胆大的，饿死胆小的，你要是做一定稳赚不赔，要好好把握啊（说到你动情）。我说，我真的没有能力也没有这样的生意头脑，就不考虑了。他又说要不我先做一方案给你，从增加贷款，获得资金，到买哪里的房全程给你安排，要是今年你做，明年不赚，你把房卖给我（说得他像神仙，什么都懂；说得你像他的家人，对你万般负责，保你发财，今后都不用上班就可等吃似的）。我说，谢谢你那么关心，我都不知道如何回答你了！

朋友们，你们有过类似的经历吗？

（2020 年 6 月 28 日）

## 人瘦也很无奈

我从小就长得比较瘦小,开玩笑地说,是属于三等残废的类型。

因为个子的原因,小时候受到别人欺负时总是不敢随意反抗,还好我性格比较好,与同学冲突不多。我对那些高大威猛的同学,都比较羡慕,特别偶尔碰到别人无端侮辱时,好想变成他们的样子,一拳把别人打成饼。

长大之后,也很崇拜别人又高又帅,英俊潇洒。还好,自己没有因为个子的问题,碰上恋爱或者求职上的失败。因此,关于个子这个问题,倒没有给我留下什么自卑感。

后来,有一次同学一起吃饭,一个胖同学说,你怎么不冒一点汗呀?你看我。我才发觉他额头、脖子满是汗水,原来胖的人容易出汗。

有一个同学在参加同学聚会时,裤子上加了一条精美的吊带,另一个同学说,你太会穿了。他说,你不知道,没有这条吊带,我的裤子会滑下来。我们这才知道,他因啤酒肚没有腰了,是靠吊带拉起裤子的。

于是我想,我的瘦也不至于毫无可取之处啊。

我并不是在回避我瘦这一缺点,只是我没有必要因为瘦而伤感。你不知道,有人在花大钱去减肥的时候,我也曾经多少回努力去增肥呢。

比如,我听了一个同事说,马无夜草不肥,有一段时间我天天吃宵夜,果然长了点肉,但后来觉得晚上吃宵夜,睡时有点肚子胀,就不再吃了。

我知道多吃点肉、多煲点汤喝之类的也顶有效,我们家宁可穿得烂,也不肯吃得差,吃不起高档的,但扣肉、五花肉等很可口我也很爱吃的还是买得起的。我也曾有意多吃这些高脂肪的食物,但后来发现影响了血脂血糖的指标,就不敢多吃了。

撇开担心副作用,每一次增肥的努力中途停下来的原因,就是看不到明显的效果。无论怎么做,最多裤头紧了一点,从来没有肥起来。十年以来,体重上下浮动不会超过五斤,何必去折腾呢?

我曾经跟学生开玩笑说,如果能给身上买肉,花三五万让我长十斤,变结实点,我贷款也做。

好多年来，我也认瘦了，管他呢，环肥燕瘦各有其姿。我一直保持自己的生活习惯：一日多餐，不大吃大喝，不暴饮暴食，爱吃点零食水果，不睡懒觉，保持午休等。虽然教师工作、生活单调，但写写字、做做学问，倒是很充实，还算是瘦而有劲吧。

既然后天增肥不成，也不能说父母天生遗传不好吧，所以，偶尔也阿Q一点。我开玩笑说：浓缩就是精华，以后坐飞机不光按人头买票，还要交个人体重燃油附加费，你就懂得我是属于环保人才了。

记得有个老师前后好几次见我，都是一句话：你怎么那么瘦！我说瘦而有劲呀。想到他老这样说我的痛处，我又想补一句：你语言表达怎么那么贫乏呢？

所以说，人瘦也是很无奈的呀。

（2020年6月29日）

# 沾上榴梿回不去

在我看来，吸什么千万不要吸毒，吃什么千万不要吃榴梿。香熏臭爱是榴梿，它会让你难以回头。

榴梿外表的样子是没有一点亲切感的，要说多丑就有多丑，看它身上的刺，你会想起鳄鱼的凶恶，恨不得离得远远的。假如你从来不知道榴梿是什么东西，第一次在山林里遇到，你绝不会去搭理它。如果你觉得好奇，无聊地拿棍子把它从树上打下来，裂开后发出的那种闻不惯的味道，会以为是什么毒气泄漏，说不定会让你撒腿就跑。

榴梿味对于我，和臭豆腐一样，开始的印象很差，但后来我爱上了榴梿，臭豆腐却始终没有得到我的青睐，原因我自己也说不清。

第一次在水果摊上见到榴梿时，真不知道这是能吃的果实。第一次闻到榴梿味也真不知道这种食品还能咽下。我想除非是当治病药物食用，否则我是不会吃这种东西的。这样的想法，缘于我对臭豆腐的反感。

有一次闻到臭豆腐味，很浓烈。很滑稽的是，那个臭豆腐摊在路边，卖的人不停地向来往行人呼喊着："看一看，尝一尝，我家的臭豆腐很特别。"周围环境糟糕，让人各种联想肆意弥漫。

从此，我对臭豆腐基本不尝。只是听那句"闻起来臭、吃起来香"的神话，有过那么一两次，老婆和女儿买了，非要我接受一下新事物，咬过一小块边角。之后才知道臭豆腐其实并不难吃，只是爱不起来。对于榴梿，开始我并没有要主动去品尝之意。老婆买回来吃的一段时间里，我怎么都理解不了她变得如此重口味。我不仅不跟着吃，闻到那个味我就难受。

她把买回来的榴梿放在客厅，整个家的空气让人变得心闷脑涨，真接受不了。我实在没办法，只好用塑料袋把榴梿包得严密，放到厨房去，把门关紧。

那时候就知道榴梿很贵，女儿说一颗籽的价格顶得一两个苹果。因此，开始对这个东西刮目相看。一次女儿吃剩一大块放在碗里，我生怕浪费，鼓起勇气，试了一口。开始入口时，臭气一下冒进鼻腔，嘴里一股复杂的甜味，也没太多的好感，但好像等臭气消散之后，舌根的甜味渐渐醇厚，糯香味沁入心扉，让人有点回味，于是我对榴梿不再那么反感。

从此，我开始尝试吃榴梿，后来就成了迷恋。我才真正明白，榴梿不仅形象可怕，味道也很可怕，一旦沾上，难以回头。我想，对于一些人，吃榴梿会上瘾，我好像也是。

榴梿很贵，有时真舍不得买。久不久吃一次，就像小时候在农村等着吃猪肉，一等一个月，甚至还更久，直到看着猪走路都会流口水。

最让我难忘的是，几次去马来西亚支教，能放开肚皮吃榴梿。那年在森美兰，接待我们的华人同胞用小皮卡拉来几十个榴梿，大家想开大的就开大的，想吃小的就吃小的，青皮的、淡黄皮的、橙黄肉的、淡黄肉的、甜蜜味的、带苦味的，吃到味觉疲劳，让人无比感动。

特别记得的是马来西亚的猫山王，别看它小巧，青中夹灰，虽然没有泰国的金枕头那样高贵的颜值，但皮薄肉厚，粉绵可口，入口先苦后甜，让人一见钟情。

一粒榴梿一片情，我在沙巴讲学的那些日子，如果说我给华人朋友送去的是中国传统的书法艺术技艺，那他们给我的除了同胞的友爱之外，最珍贵的是那片知我之心、榴梿之心。

记得有一次，下飞机入住酒店的当晚，郑宝玉、翁金兰、杨智榈三位当地老师是带榴梿来看我的，因为酒店内不能吃榴梿，我们就在楼下的小店幸福地享用。有一次讲课的中途，主持活动的伍锦麒老师准备了榴梿让我作为课间餐。还有一次，回国的前一晚，吃完饭后很晚了，亚庇书艺协会70多岁的黄文章主席，还要召集理事会成员一起，请我到街边吃榴梿，他说："不亲自请李老师吃一次榴梿，会是我的遗憾。"还有很多次与不同的马来西亚朋友吃榴梿的情景，现在依然历历在目，永生难忘。

吃榴梿是很幸福的，除了它神奇可口的味道，它还有很高的营养价值，我发现吃榴梿跟喝红牛一样，能提神。只是在深圳，榴梿很贵，想买总是有点舍不得花钱。但后来和老婆聊天时，无意聊出了个话题，我不吃喝嫖赌不抽烟，平时也算节约了不少钱，久不久买个榴梿吃，就当是别人花抽烟的钱一样吧。

从此，才觉得榴梿再贵也有买的理由，每当打开钱包时，手就没有那么紧张发抖了。

（2020年6月30日）

# 工作室需要风水养护和情调创设

我向来坚信，养护出来的风水，创设出来的情调，培育出来的花朵，汇聚出来的福气。学校给我装修出那么豪气宽敞、人文贴心的工作室，我得好好地养护。我每天都在里面工作，要尽量创设一些环境情调，为师生服务，让自己愉悦。

去年即将放寒假时，我特别把工作室重新收拾整理，爱好书法的王清建老师特别热心，帮我清理杂物，拖扫地板，突然才发觉环境变得更加清新，置身其中，色彩的亮丽和谐，文具的整齐高雅，空气的沁人清香，让你流连忘返，哪怕我享受这个工作环境已整整8年了。

突然又发现正门外的三角梅又红了，红满枝头，红叶如此层层叠叠，密密麻麻，让过往的人放缓了脚步。我的心情立刻兴奋了起来，真有点舍不得放假！

不谦虚地说，我的工作室既是我的办公室、学生的教室、老师的书法交流活动室，也是学校接待参观的功能场所。全校师生也好，来校客人也好，每每走过我工作室的门外，总会用惊讶的神态、向往的目光，看看里面的风景。很多人进来转了一圈，还不忘拍几张照，我作为工作室的主持人，深感自豪和幸福。身边的同事都看得出来，我每天在这样的环境里工作，非常惬意。

我感谢段天虹校长的厚爱，给我提供如此优越的工作空间。

工作室之所以有这样令人羡慕的环境，除了学校的关怀和设备投入，还有我很多年来一直用心对风水的养护、对人气的培育和对情调的创设。

我不是风水师，但我了解这间房子的优缺点。比如它的好处，因为在顶楼，通风通光都很好，视野开阔。窗外不远处就是珠江口的海面，早晨的空气特别清新。平时师生走动不多，比较清静，很适合我专注于书法创作和学术研究工作。但是，我也知道，这个位置有个很大的缺点，方向为斜西北，缺少自然的南风，阳光早晚从两侧的窗户直射，上课时总是要根据不同的时段调整窗帘的开合幅度，又得迎合窗门的开合，以免风吹使窗帘摆动。打开空调的时候，做法又有别的调整。无论自己办公、学生上课、少数教师来学习交流、来客参观，窗门、窗帘、开灯数量，我都会提前做好调整，让人进来，总感到比较舒服。

关于风水的养护和情调创设，我的确做过不少的思考和行动，下面分类说一说。

创作用桌。开始的时候，学校只配备了学生用桌，我没有地方创作练习或给学生书写示范，后来我向学校请购一张大桌，放在前面，作为我个人专用，同时也当作讲台。这个桌上，摆放各种文房用具，很有特点。

电化办公。开始的时候，学校配了一个普通教室用的多功能讲台，电脑装在高高的柜子里，屏幕与桌面水平，只能站着操作电脑，除了上课，你是无法办公的。后面我把讲台撤了，到学校仓库搬来一套旧办公桌摆进去，没想到颜色、大小、高度与创作用桌很搭配。一进门，办公、创作区域融为一体，搭配合理，进出又自然顺畅，的确让人喜爱。

书法元素。开始的时候，墙壁上是空的，我特意在前面挂上了学生的八尺作品，很大气，一进门，就感到不同。因为作品有多种颜色层次，每次客人前来走访参观，这个地方的镜头还特别地漂亮。后面的墙上，为了与前面的竖式作品不同，特别安排了一张横幅作品。考虑到工作室比较宽大，为了能让客人从前门就能看到后面墙上也有风景，这幅字写得很大。镜框是邀请装裱师傅到现场做的。不说字的好坏，外观看起来顶震撼的。从这个方向去给场景拍照，背景真的很有意思。

文化气息。工作室的墙面作品布置讲究大气；示范台、学生桌上的文具摆放讲究层次；讲台上的著作教材展示、后面储存柜上的字帖、学术档案陈列，做到亮点突出、丰富多样。桌面上有时摆放几张优秀的作品。所有这些，都不是随意摆放的。因为它不同于书法家个人的创作室，它既要体现市级工作室的学术高度，又要体现学校特色教学的典范。

干净整洁。我是半个洁癖的人，工作室的地板、桌面、窗台上，我是见不得垃圾和灰尘的，平时做到随手扫、拖、擦、整，不留卫生死角，不堆积废旧物品。无论谁来写字，要求写过的废纸要随时清理出去。告诉大家写大字要特别垫上备用画毡，不要把原来桌面上的画毡搞得太黑太脏。每个学期开学前和放假时，我一定要做个大清洁整理，保证工作有良好的开端，有满意的结尾。很多老师以为，工作室的卫生平时会有学校保洁阿姨或学生来帮忙，其实不然，这8年来，都是我一个人干的。

空气流通。我每天上午到办公室，首先是打开窗户和两个大门，让空气对流半个小时以上，即便要开空调的热天，也是先如此操作。因为墨汁总会有点气味，我要求自己和进来写字的老师，写完字要清洗毛笔和墨碟。

友好亲和。工作室是学校师生书法活动室，不能让它充满神秘感，要有一定的亲和力。前墙面挂的是学生的八尺书法作品，墙角摆放的是学生小镜框硬笔作品，前一排的桌子上，展示各式学生的课堂作业作品、校本教材、学生作品集，让师生感受到工作室有师生的成分。我每天上班，在打开窗后，就先煮一壶茶，路过进来坐一坐、进来写字的老师，都可以一起喝一杯，聊一聊，让工作室传递出热情友好的气息。对前来学习的师生，以鼓励支持的态度让他们增强自信，让他们有来了一次还想再来一次的体验。

自然气息。我一直喜欢养花种草，经常在工作室里摆放植物，增添一点大自然的风光，坐在工作室里，倍感温馨。深圳的热天太热，因为工作室在楼顶，夏天的时候，周末不在学校就无法浇水，养花草比较困难，这个季节比较少养。但春秋两季我会多养几盆。工作室门外的三角梅，因为有露水，比较好养，我也特别用心对待。很多时候，看看远处的其他几盆，要么秃秆要么零星几片绿叶，而工作室正门这盆总是每隔一段时间就独放异彩。

我这才突然想起，每天给它灌喝剩的红茶，盆里全是茶叶，或许是我积了点德，这盆三角梅给予了回报。

啰唆这么多，我想表达的是，工作室要向前发展，要搞得红红火火，需要有意识地进行风水养护和情调创设，这样才不至于为工作而工作，才能在工作中得到享受。

(2020 年 7 月 4 日)

## 下得厨房后老婆的容颜开始暗淡

老婆年轻的时候在一所大学的附属医院工作，比较稳定；人谈不上漂亮，但也还是比较顺眼；待人接物从容大方，总的来说给人的印象不错。按她的条件，找一个比我帅，工作条件比我好的，应该很容易。

讲个子，不遮掩地说，我长得比较浓缩，难入人眼；讲职业，我只是个臭老九，比较寒酸；讲家庭，我农村出来的，比较贫困；加上不善于交际，更不善于死缠烂打，所以年轻时追女孩子我没有什么优势。

还好，婚姻是讲缘分的，我们互相对上眼并走在一起，虽意想不到但又很顺其自然的。碰上她，我算是比较满意的。谈工作，她在医院里，家人看个病拿个药还挺方便；谈收入，她比我高。撇开这些不谈，双方也有一见钟情的感觉。

老婆所在的大学附属医院和我所在的另一所大学都有相近的文化环境，工作话题相通。两个单位又在同一个城市的同一条路上，相隔不过一公里。我们住在我的学校里，她走路就能去上班，要么骑个摩托车就行，很方便。因此，我们的生活比较省心，轻松而简单。我成家了，父母心里不知有多高兴，周围的同学有时也还真有点羡慕。

谈是否出得了厅堂。老婆性格开朗，比较健谈，另外，偶尔打扮一下，在我的小圈子里，还是给我长脸的。不过，我们俩比较宅家，她也不喜欢跟随我参加社会活动。因此，关于是否出得了厅堂，我没有过多的想法。她从小在城市里长大，谈吐和气质相对我这个农家人来讲，还是不一样，我是比较喜欢的。

谈是否下得了厨房。在内地的时候，因为我在大学里教书，没有坐班制，我的课又不多。所以很自然就要多做点家务，比如买菜煮饭、接送小孩，都是我的工作。那时，我老婆很少下厨房，很多饭菜真不会煮，你杀好一只鸡，让她煮她不会，让她切更不会。这样的表现，我的确有点介意，却很无奈。

到深圳后，因为我的工作太忙，加上要维持家庭的经济来源，所以，我们的角色慢慢地转变了，我主外老婆主内的格局不知不觉地变得明显。老婆开始多下厨房，这是她发自内心主动的、乐意的事，尽管开始时对她是个不小的难题。后来，因为我学术写作任务太多，慢慢地我退出了厨房的舞台，现在手上的厨艺除了一道柠檬鸭之外，其他全做不来了。

女人下得了厨房，是每个男人的愿望。可是，不管男人还是女人，我想谁都不太喜欢去做油烟脏腻的厨房之事。我老婆的改变，是家庭生活的需要，也是家庭责任的驱使等促成的。生活从理想的后台走到了现实的前台，浪漫敌不过柴米油盐。

厨艺是磨出来的。经过多年各种炒、蒸、炖、煲、焖的尝试，老婆做的家常菜已经有了蛮高的水平。很多需要特别技巧的菜，老婆通过网上介绍、视频演示来学习，真的做出了一定的色、香、味，我深感佩服。她做菜时很有耐心，开始有点自得其乐的感觉，一家人为此有了口福。

老婆真的下得了厨房了，在享受她给的美味可口饭菜多年之后，我猛然才发觉，她付出了沉重的代价，不免感到心痛。为了生活，一天磨在厨房里，穿着打扮已经不那么在意，也没有办法在意了。早上，一双拖鞋到菜市提一篮菜回来，晚饭后还是一双拖鞋、一身运动服一起散散步，似乎所有的日子，一成不变。

老婆脸上的皱纹，在累的时候，像折叠的纱布。每当她带着笑容在厨房里砍鸡鸭时，我都想不到当年单位活动时常常请的临时礼仪小姐，怎么会一夜间成了"屠夫"。听砧板上的刀声，看老婆手上的创可贴，一种愧疚涌上心头。心想能请个保姆多好，只怪自己无能为力。

生活就是生活，一日三餐绕不开，看似简单的这三餐，却让老婆在出得厅堂与下得厨房的选择上做出了倾斜，甚至一边倒，以至于让容颜开始暗淡，再也回不去，这对于我这样的普通家庭来说，无法回避，只能接纳，我因此唯有把心酸暗藏在心里，作为对老婆的感恩！

（2020年7月5日）

# 我的拿手好菜香煎柠檬鸭

我爱吃鸭肉，特别是热天的时候。但鸭肉做不好，会有一股腥味。

昨晚在宝安南京大排档吃饭，终于遇上了久违的鸭血粉，但没想到与在南京时所吃到的不同，腥味太浓，一家三口闻到那气味，没人敢下筷子，现在回想起那腥味，还有点反胃。

我吃鸭时，喜欢做成香煎柠檬鸭，鸭肉煎过之后，腥味自然消失，加上柠檬味的渗透，香而不腻。

做香煎柠檬鸭选择五斤左右的青头鸭为好，有点肉但不肥，薄一点的肉吃起来更能品到煎的香脆。我们首先像做白切鸭那样，把生姜片、盐放在鸭子的肚子里，连同鸭下水一起下锅煮熟，然后捞起来晾干。因为要煎，特别要注意将鸭子肚子里的水晾干。

以柠檬为主，准备四五个柠檬、三四两酸藠头、三四个酸辣椒，这些配料主要是为了去除鸭肉的腥味，同时让鸭肉增添香味。

把煮好晾干水的鸭的脖子、脚掌砍下来，将前面准备好的柠檬、酸藠头、酸辣椒切碎，然后混合在一起，放到鸭子的肚子里，然后缝合起来。用食用油（我通常用花生油）慢火煎，让鸭皮变黄。油到不了的地方，用锅铲把热烫的油铲起来淋上去，多次反复，直到鸭皮变黄。鸭脖、鸭头可以同时煎。

等鸭子全身煎黄后，鸭肚子里的柠檬、酸藠头、酸辣椒等的气味已经渗入鸭肉中，这时，把鸭子捞起来，等它降温。

在鸭子还有点热度时，最好吃。切鸭时，将肚子里的柠檬、酸藠头、酸辣椒拿出来。用一小碗之前煮鸭的汤，加点酱油、味精、麻油，煮滚，再将柠檬、酸藠头、酸辣椒倒进去，作为蘸料。

这种做法，也不知道合不合美食规范。但我已经做了好多年，全家人都很爱吃。

（2020年7月6日）

# 内心不强大怎能做书法教师

在深圳做书法教师的这些年，身边的不少同事都认为，我这个书法教师很舒服、很洒脱，因为在他们眼里，书法教师没有升学压力，不需要做班主任，不用每天批改作业。有的甚至认为，书法教师在课堂里只是教学生写那么几个字，备课又不用花很多心思，好容易；没课的时候练练字，工作的时间就是健健身。还有更加有趣的说法，书法教师这么轻松，但得到的好处可还不少，校园的文化活动顺手来几个字，就能出彩，让学生崇拜，得到学生好评，真是占尽了便宜。

自从我被评为市级名师，获得正高职称之后，有个朋友跟我说，你这个书法老师太值了，名利双收。我跟他说，下辈子我可不走书法教师这条路了，我承受的风险和痛苦，付出的努力和代价，是别人无法理解的。说实话，我为教书法所付出与收获是不成正比的，只是因为我爱书法，义无反顾，我爱书法，知足常乐。

等我把下面的话讲完，如果你是我，你会选择做书法教师吗？

书法是小学科，很容易面临解聘或换岗。在中小学里，经常听到文化学科这一说法，它指的是中考、高考科目，如语、数、英等。有时我们自己开玩笑说，我们小学科教师就是没有文化的教师。小学科还被称为副科，所以我们副科教师偶尔还被戏称为"妇科"教师。在评"优"、评"先"时，因为要照顾主科教师，书法教师常常是眼巴巴地望着别人。对于我自己来说，评市级名师、评正高、评省级教学成果容易，但就学校自己评的年度考核优秀，每年有百分之二三十的比例，我恐怕一辈子都拿不到一次。

书法是小学科，一个学校常常就你一个书法教师，孤独无助。一所中小学设一个书法教师已经不错了，两三个很难，所以做书法教师很孤独，没有其他书法课可以听，教学工作没人交流，集体备课你没地方去。做什么事，单打独斗，自己摸自己爬，成是你，败也是你。

书法是小学科，同事帮不了你的忙，课程开展和实施，你全包。别的学科有统一教材和作业本，书法课没有，你得自己编写或单独订购。另外，书法课的文具材料很特殊，你得为学生规划和采购，不像其他学科那样，课本和作业本只管到学校图书馆领，教师不用愁。

书法是小学科，有时找不到去处，无学科门类可归。人家的学科有备课组，有教研组，你一个书法教师，只能随学校安排，放在美术组、艺术组、语文组。人家的学科要么是国家课程，要么是地方课程，你的书法只算校本课程而已。

书法是小学科，每周只有一节课，开课仅一年，但家长和其他科任教师的期望很高。家长说，我不期望小孩成书法家，只希望通过你的书法课，能把作业写得漂亮。其他科任老师说，学校开了书法课，学生考试的卷面质量应该有所提高，赢得卷面分。书法课还没上几节，成果期待已经在那里，真让人为难。

我从英语专业毕业教大学书法，之后学汉语言文学，再进修书法，拐了多少道弯，都是为了做好书法教师这一职业。从大学转到中小学，从大学助教、讲师、副教授，到中小学正高级教师，都是为了探索自己的书法教育实践与研究之路，每一次学科跨越、工作领域的跨越，几乎都是从头再来，那种折腾没有谁能体会到。

如果不是因为爱好，谁会因为那点所谓的名和利、小学科的轻松和洒脱，去冒险，去坚持，去牺牲自己的年华？

我曾经与一位同事开过玩笑，在我的学部，除了校级领导之外，我不相信哪位老师的工作量比我大。光光看学校那点书法课的确不算什么，很多人都不知道我在市书法名师工作室的学术研究规划与任务，如课题研究、课程开发和推广、论著与教材出版等，至少在近五年来，在学校的时候除了上课就是写作，节假日和晚上在家的时候，从不做家务，只要不是很累，都是在写作。

回想在深圳做中小学书法教师的这些日子，光出版的那十本书就可以让我找不到半点所谓小学科教师的闲情。走书法教师这条路到今天，对和错我实在说不清，我最大的收获不是教小学科的那点所谓轻松和洒脱，而是我的教研成果对社会有了一定的影响和帮助。一路走来，我觉得内心不强大怎能做书法教师？

（2020年7月7日）

## 又一个鸟巢迷离了我的双眼

阳台鸟儿筑巢的过程对我来说是再熟悉不过了。这两年我家阳台已被鸟儿筑了三个巢，今天算是第四个开工了。通常每一个巢筑三天，因为好奇，每天回到家我都不厌其烦地观察，看着鸟儿将一根一根的草叼在嘴里搬运，看着怎么从无序的杂草变成规矩结实的圆形鸟巢。

经验告诉我，只要见到鸟儿叼着草停驻在阳台的三角梅上，可以肯定地说，就是有鸟儿要筑新巢了，而且一定会筑在我家阳台的人心果树上。

今天又有筑巢的现象出现了。我上班的时候，老婆通过微信告诉我，并把图片发给了我，只是因为我不敢相信，我怕看错了。上个月6号一窝小鸟刚刚飞走，难道今年真的又来第二窝？

今天早上我刚醒来时，已经安静了一段时间的阳台突然又出现了特别熟悉的、欢快的鸟鸣声，我还特意拉开窗帘，往阳台看看。我有一种说不清的预感，难道又有什么喜事来临？

我终于清醒过来了，上一窝小鸟飞走后两周，就有鸟儿来把巢破坏了，扯得七零八落，掉满一地，我就知道又要有鸟儿来筑新巢了。因为今年的第一个巢也是在被鸟儿破坏了去年的旧巢后原地兴建的，鸟儿可能和人类一样，都喜欢住"新房"。

我下班回家，躲在阳台的一侧，终于见到我想见到的情景：一只鸟儿叼着草飞了上来。这回的鸟儿和上个月的是同一类，也都在人心果顶上相同的地方筑巢。而去年的两个巢是由两种完全不同的鸟所筑，分别筑在人心果和紫藤上。

因为喜欢有鸟儿相伴，增加点生活的乐趣，盼望它们的心过于强烈，因此，我突然变得不相信自己的眼睛。再是，还没有看到新巢成型，真的不踏实。再憋两天吧，我相信爱在缘分就在，情在何处不相逢！

今天也真是个好日子，我的第十本书《中小学书法名师之路》经过三年的努力，在经过多次修改校对后基本成型，心里的石头终于落地，无比高兴。

应该算是双喜临门了吧。

（2020年7月9日）

# 云上贵州，心中者密

一张图片从云上贵州传来，心中的者密又一次被翻开。图片里"者密中学师生学习李汉宁教授硬笔书法大赛"的那行字，让我深感学校对我过于抬举，真是无比惭愧。我猜测，举办这样的活动和选用这样的主题，一定与曾凡武校长有关。我衷心感谢他对我的厚爱！

太多的人、太多的事我无法看清，但是唯独这位亲切的曾凡武校长，我却能读懂他的心，尽管只是去年去贵州者密进行教学交流时，与他相处了几天。他是个有思想有胆识、大智若愚、心怀博爱的人，非常值得尊敬。他朴素、谦让、低调，为山区教育事业竭尽全力，作为旁人，我感到他实在太不容易！

曾凡武校长和者密中学教师、家长特别地真诚友好，全体学生对知识的强烈渴望、对学习的专注态度、对远方的无限向往，让人记忆深刻。者密成为除马来西亚之外，至今最让我难忘，最令我感动的教育交流之地。

翻开心底对者密的记忆，满满的都是美好。曾凡武校长、杨忠辉副校长、莫玉刚主席、杨坤主任、孟学兵老师，还有其他想不起名字的老师，以及善良朴实的学生家长、纯朴可爱的学生，至今历历在目。写云上贵州，写心中者密，其实也在写自己。在者密意想不到的是，我找到了家乡的味，家乡的情，我似乎是深圳的客人，又是平塘的家人，更是者密的主人。

我想起了，者密是我的半个家乡。我去年那节"从者密中学谈结构美的方法"的课，把者密讲成了家乡，我把学生讲成了自己，没有哪个不同意啊。我告诉学生，我是广西佬，家住云贵高原的边上，我会讲那种类似广西桂柳话的平塘方言，难道我们不算半个老乡吗？

我又告诉学生，我从小在山区长大，我家乡的环境和者密相似，我家的生活很贫苦。课程开讲前我校德育处沈伟主任说，寒门可以出贵子，小时候他家连门都没有，以此来激励学生。我后来说，我家有门，只是没有我的床，我从小都是跟邻居的同学睡的。作为你们的半个老乡，我想告诉大家，如果家里条件暂时困难，也要努力克服，认真读书，人穷志不穷，要懂得艰苦磨炼意志，知识决定未来！

我想起了，那些少数民族学生的目光是多么的专注和可爱。一次书法课对于深圳的学生来说，是再平常不过了，但在者密的这一节，却让我充满感动，终生难忘！我发现同学们听课的目光无比专注，有的还认真地做起笔记来。这是我在马来西亚之外的书法课上，所见到的最认真的场面，他们的学习态度令人钦佩！我多么希望无论在哪里，我的课堂上都是这样的学生！

我想起了，一个乡镇学校非常重视中华传统文化。无论学校条件多么有限，者密中学还是开设了书法美术教室。在校园的文化长廊上，还布置专门的橱窗，展示师生们优秀的硬笔书法作品。在升学率至上的初中阶段，他们不忘素质教育，最大化地拓展学生发展的空间，让我深受鼓舞！

我想起了，者密中学的师生、家长多么的淳朴、友好。他们不知道提前做了多少准备，把当地最具民族特色的文化项目展示出来，让我们这些远方的客人学习体验，你看晚会上的民族歌舞大家都不曾见过，让人看得心醉。他们把家里仅有的美食都拿出来让大家品尝，如糍粑、糯米饭等，每次回想起来，似乎就要流口水。

太多太多美好的记忆，一下子回忆不完。最让人怀念的莫过于深藏在心灵深处的家乡情、朋友情。

人说最美人间4月天，印象中的云上贵州，在去年的那个时候已经镌刻在我的生命里，即便时光如何流逝，心中者密依旧，毫不更改。我爱你，者密中学！

（2020年7月10日）

# 在广州和深圳我遇上了今生的贵人

我的第十本书《中小学书法名师之路》即将出版了，这本记载着我工作历程、学术成长、生活变迁的书，在撰写的过程中，让我想起了一些人、一些事，无形中把人生每一个阶段扶持过我的人记在脑里，念在心上。

特别是在广州和深圳这两站，我有幸遇上了今生的贵人，他们一程一程地指引我，手把手地拉我。从此，改变了我的人生，提高了我的生活质量，无法忘怀。

经历了多少摸爬滚打、甜酸苦辣之后，我才明白，人生光埋头努力、光挥洒汗水是远远不够的，要学会抬头看路，懂得向人问路，珍惜主动向你指路的人。问对了人，是今生的福，遇上主动向你指路的人，是八辈子的福。

在广州和深圳这两站，主动向我指路的人有很多，限于篇幅，我先说说曾经在百色学院的前身右江师专的校友，展开我与黄忠亮、韦华锋、朱文彦、陆福吉、黄兴林、王熙远、黎克林、孙向学八位百色老乡大哥的情缘。

我于右江师专毕业后留校任教，这八位大哥要么是我的老师，要么是我的师兄，要么是我曾经的同事。

写往事，不忘忆苦思甜。1995年暑假，也就是内地事业单位出现停薪留职政策不久的时候，怀着对广东的向往，我跟随平果同乡黄忠亮老师一起来深圳找工作。我们从百色出发，下午到广东电白县（今电白区）一个我在中国美术学院时的同学那里吃了晚饭，希望从他那里获得深圳方面的招聘信息。

晚饭后，我的同学买了6罐八宝粥送我们上了前往深圳的车，车开到半路，不知在哪个位置，我们被"卖猪仔"换了一辆车。天亮后，到宝安了，本想拿八宝粥做早餐，但这时才发现八宝粥被遗忘在之前的车上了，真有点心痛。

来一趟特区实在太不容易。当时的卧铺车物品塞满通道，闷得让人无法呼吸，加上臭袜子味、烟味，熏了一夜，我们下车时无精打采。走进特区的街道，我们头发蓬乱，没有什么身份可言，自感与这个充满时代感的、繁华的城市格格不入，心里不免感到有点凄凉。

到深圳当天的上午，我们先到宝安找我那个同学的叔叔，留了求职信。中午，我们去龙华找当时已停薪留职来化工厂应聘的平果老乡韦华锋老师，看到他一个大学老师却穿一身满是油漆的厂服，我当时心里真的不是滋味。韦老师应该是我们学校第一个敢吃螃蟹的人，下海做工厂的管理人员，我由衷地敬佩！

那天下午，韦华锋老师带我们到深圳市石岩公学找朱文彦老师。朱老师离开右江师专前，是我的教研室主任，见到他格外亲切。记得那天晚上，朱老师家杀了一只鸭，做了一顿很丰盛的晚餐为我们接风，我感到很温暖。

到深圳的第二天，朱老师带我和黄忠亮老师到深圳人才市场，那时进关需要边防证，很不方便，而且，基本找不到合适我们的工作。后来他又带我们到东方英文书院、亚太实验学校投简历。

　　最不能忘记的是那时因为家庭负担重的原因，我很贫困也很憔悴，为了来找工作特意在百色东风市场买了一双假的皮凉鞋，到了深圳，左脚凉鞋前的一根皮条还断了，那时我按百色人的习惯，还穿上白色的袜子，当我看到路上的深圳人光着脚穿皮鞋，更是让我感到无地自容。好在送材料上楼时，朱老师可能看出了我的窘态，生怕被人笑话，他说你把材料给我，我帮你送上去，当时我不知有多么的尴尬。

　　在外找工作的第一天，我和黄忠亮老师都没有任何收获，最高兴的倒是有了一次难得的老乡聚会。朱老师当天约了从右江师专调到附近的一些老同事到他家，记得张利家老师还是从佛山南海骑摩托车过来的，那晚我们一帮人跑到楼顶，铺着席子聊天到半夜。

　　听朱老师对广东的介绍，看朱老师在深圳市石岩公学的工作环境，以及在深圳转了一小圈的所见所闻，我对外面的世界充满无限的向往。

　　回到百色，我按照朱文彦老师给的《中国教育报》上的招聘信息的要求，把简历投给广州、深圳的一些学校。广州南方国际实验学校在9月初时打电话给我说，学校已开学，急需上课，告诉我不用面试，尽快坐飞机过去，可以报销机票费，并给我每个月2600多元的工资。在那个出差最多给报销火车卧铺票，大学里工资只有300多元的年代，这个学校这么高的待遇简直令人不敢相信，我没有半点犹豫，直接办停薪留职手续。当时右江师专开始停发我的工资，每月还须多交300多元作为停薪留职的管理费。几天后的深夜，我乘坐的飞机到达白云机场，学校的校长早在那里等我，那一刻，我感到无比的激动。第二天，我走上了广州这所贵族学校小学书法教师的岗位。

　　这一去，我感受到大城市的繁华和浓厚的文化气息，流连忘返。只是因为第二年原校没有提前表态能否可以继续停薪留职，我又不敢辞去公职，所以只在广州待了一年就又回去了。

　　回到右江师专的几年间，心里一直惦记广州。2001年前后，黄忠亮、韦华锋两位平果老师出来打拼几年后，毅然辞职定居广州，生活过得红红火火，让我周围的同事羡慕不已，一下子又对我产生了很大的触动和刺激。我不断地找黄忠亮老师，表达我还想出来的愿望。

　　他非常认同我的想法，也认可我的能力，并不时鼓励和帮助我继续找工作。

他说潮汕人在广东，最牛的是一个帮一个，圈子很大，而我作为黄老师的同市、同县、同乡人，看到他真心实意地想拉我一把，我深受感动。

2002年，我应聘到黄忠亮、韦华锋两位老师所在的广州番禺区内的培正广地实验学校。在那里任教一周内，在他们的指引下，我买了房。当时，购房交首付的时候，我的钱不够，还是黄忠亮老师借给我的。在后来不久的一天，我和黄老师在外面办房产手续时，听到他和嫂子韦凤仙老师的通话，我隐约听得出，黄老师挪用了嫂子读研究生的学费给我先用作首付费用，而让嫂子推迟交学费的时间，这件事情至今让我心里一直感到很内疚。嫂子和忠亮哥的老妈，对我们一家人都非常热情，让人难忘。

韦华锋老师对我前往广州发展的想法，大为赞同。每次我因找工作、办各种手续来广州时，他一定会抽空和我一起聚聚，喝两杯、猜两码。记得那天我和黄忠亮老师刚从南村恒生花园看房回来的路上，接到韦华锋老师电话，他很热心，叫我们立马调头回去，再陪我们一起去看一遍房。他建议我们上下多看几层，果然又发现了更好的错层，之后我便决定买那套有错层的房。两位平果老乡大哥在广州能如此关心我，大大增强了我往广州发展的愿望。

在广州买房了，可是那份新办私立学校小学书法教师的工作不太合适我，我干了一个月又回了右江师专。因为大学生通常9月中旬入学，再军训两周，我那个月在百色没有课，出来一个月并没有影响工作。

但是因为买房，有好多后续的麻烦事留给了黄忠亮老师。比如买房可以有落户资格，便由黄老师代办；接着身份证在广州办理，买车干脆上了广州牌，也是由黄老师代办。我们也不知多少次来回住在他广州洛溪的家。走到这一步，无论如何，心已经不在百色，辞职来广州的主意已定，只是不知道要等什么样的机遇。

在广州有房、有车、有户口后，心里却很急切，我不停地找工作。2002年从培正广地实验学校回百色后，有三次机会我都没有如愿。一次是到华南师范大学番禺小学试教科学教师没有成功；一次是一个熟人叫我去华南农业大学珠江学院应聘，要试讲时他们才改口说要美术老师兼书法课，我不会美术，自然没戏；还有一次是以书法副教授的身份参加广州少年宫的书法教师招考，理论考试通过后，到了创作环节，因一些不便明说的原因，我还是落选了！后面我不断地往珠江三角洲的学校投简历。

当时我给在深圳的王熙远老师打电话，问他如果辞职出来会怎么样，他的一句话，让我燃起很大的信心。他说像你这样有特长的人，出来不怕没有饭吃。我问他，北大附中深圳南山分校有意叫我去面试，听说在海边，你认为如何？当时王老师告诉我，学校是在海边，就在他家的附近，你有决心出来，可以来试试。当时我的广州心结还是没有打开，所以没有过来面试，但王老师的话，让我对闯广东生发了很大的自信。

2007年8月中旬，我在百色学院的家里，突然接到中文系主任凌春辉老师的电话，他说在深圳的黄兴林老师想联系你，我把你的电话告诉他了。接到这个电话，我心里猜测是不是他们要叫我去任教。我知道朱文彦老师当时是石岩公学的校长，在他的邀请下，黄兴林、陆福吉两位老师早已辞职过来跟他干，而且干得有声有色，再加上当时广东省教育厅刚下文要全面推行中小学书法教育，所以自然而然就产生了那种预感。

很快黄兴林老师给我打来了电话，说学校要开书法课，想请我过来，学校除了正常工资，给我二等特聘的待遇，还有每年2万元的养老金。如果我愿意，就告诉朱文彦校长。当时我想，朱文彦老师是我的老领导，在百色的时候，帮我争取到了助教进修经费，让我到中国美术学院学习书法，我对他是非常熟悉和感谢的。黄兴林老师是小学部的校长，而陆福吉老师是学校办公室主任，在百色时又和我是很有交情的平果老乡，综合考虑，来深圳是一个不错的选择，于是我没有犹豫就答应了。几分钟后，朱文彦老师给我电话，他说兴林老师跟我说了，如果你能来，我给你全校最高的一等特聘待遇，以及一年4万的养老金，这个待遇在学校里就几个人才有。听到这，我一下子兴奋了起来，我问他，那我自己一个人过来还是老婆也一起，当时我老婆在百色也有公职。朱老师很肯定地说，当然是一起过来了。

这两个电话让我兴奋了几晚，广州一直没去成，却没想到要来深圳，条件更好的深圳。

在百色学院的时候，我和陆福吉老师两家人都很熟悉，加上都是平果老乡，两家的距离不过10公里，讲的是同一种方言。况且嫂子和我夫人都曾在同一所医院工作过，互相比较了解。他们先过来，已经在前面做了足够的试探，我们紧跟其后，应该说没有什么值得顾虑。我们过来有他们的照顾，是多么让人放心的事。另外，他们得知我们有过来的愿望，心里也特别地高兴。所以我们全家稍作准备，夫妻分别辞去了大学和医院的公职，12天后就来到了石岩公学，做民办学校的教师和职员。

我们一家来到石岩公学，朱文彦老师作为校长，给我们做了多方面的照顾和安排。比如，他把别人调到另一间房，让我们住在陆福吉老师的楼下，方便得到照顾。安排好我夫人的工作和两个小孩的入学读书事宜。在工作上，给了我从未想过的待遇，成立了李汉宁书法教育工作室、中小学书法教育网编辑部、少年书画院、书法教研组、教职工书法协会等机构，都由我来负责，并给我配备了干练的团队，开辟专用的功能室和办公室。那时候，石岩公学的校园里，谁都知道少年书画院是一个很宽敞、气派的文化活动场所，师生极为向往。

朱老师还划拨专门的经费，让我出版专著、印制教材、创建中小学书法教育网。他在大会小会上强调，各部门要大力支持我的书法教育工作，各项工作的开展很顺利。在短短的几年里，我带领的书法教育团队成果丰硕，石岩公学获得了中国书法最高奖——兰亭奖·教育奖，成为全国第一所也是至今唯一一所获得该奖的中小学，引起了全国关注。因此我在石岩公学，得到了广大师生的尊重。

朱老师做了很大的努力，为我争取了人才绿色通道的考试，让我顺利地转为正编，之后相继被评为学校两届名师、宝安区名师。

在石岩公学的日子里，陆福吉老师和嫂子谭姐对我一家人的生活特别地关照。刚到深圳的前十天，因为学校安排给我的房子还没有腾出来，我一家人住在宾馆里，好多天吃饭、洗衣服都在他家里，我们感到非常温暖。有房子了，我们一大堆从百色运来的家电，都是陆福吉老师过来亲手帮安装的，各种家具是他们夫妇带我们去购买的。因为当时我手头上缺钱，不敢多买一件物品，他们看在眼里，主动拿出一万多元让我们购齐家具。这一万多元，对于我在百色学院才2000元出头的工资来说，是一个很大的数目。

为了让我节约钱，他们从楼上把家里的网线拉下来给我们用。在平时的日子里，他们把我们当作亲戚一样地看待。一份零食、几个水果，从不忘记我的两个小孩。在工作和生活上，只要有困惑的时候，我们也都喜欢找他们商量。周末的时候，两家人经常一起去游玩、一起吃饭、一起聊天。陆福吉老师一家让我们在公学的生活，感到很温馨，有依靠。2012年我调来宝安后，才发现真的很舍不得离开他们。

我到石岩公学最先是在黄兴林老师的小学部。因为从大学转到小学，对小学的教育很陌生，但黄老师对我处处关照和包容，在各种场合他都有意帮助我树立威信，增加我的工作信心。因此，无论在教学、科研、兴趣活动各方面，我都很快地适应了这份工作。我在小学部期间，出版了人生第一本书《中小学书法训练技巧》，创建了全国首家中小学书法教育网，赢得学校师生的好评。他为了支持我的工作，精心安排，让一些美术教师转行过来教书法，成立书法教研组，让我放开手脚，主持学校各种书法活动，书法教育因此成为学校艺术教育的一面旗帜，学校也由此获得"全国写字教学工作先进单位"的称号，让我在石岩公学很快站稳了脚跟。

我们夫妻俩都在小学部工作，我女儿也在小学部读书，无论任何事，他都如一个兄长般关心和照顾。他是作家，善于写作，对我的帮助很大，记得我的《中小学书法教学法》框架和"序言"，他都用心和我商讨或耐心地帮我润色。他写的关于这本书的评论，发表于《右江日报》和广西书法网，并由此传开，提升了这本书的影响力。

即使他退休回了南宁，我在出版《中小学书法名师之路》时，黄老师对该书的目录和写作规划给予了很宝贵的建议，他提醒我这本书要以路和方法为主线，让我找到了方向。

我到深圳这么多年，王熙远老师对我的帮助和影响也是非常大的。从他那里我最大的受益是他为促成我买房提供了非常多的建议。2009年的一个下午，我从石岩到他家吃饭，没想到吃完饭后，他要带我去看房，当时我还没有买房的想法，只是跟随他去走走。那是一个小产权楼盘，我到了楼上看了四周的风景，才发现宝安中心区那么美，于是对那套房相当感兴趣，买房的冲动一下子涌了上来。

但因为当时公办转正还在办理，也不知道能有多少工资，加上要一次性付清，120平方米的房屋总价47万，我实在无能为力，纠缠在心里几天后我只能放弃。但从那时起，要买房的欲望变得越来越强烈，大约8个月后我办完转公办的手续后，立马借了23万作为首付，买了宝安中心区附近的商品房。当时1万多一平方米的房价，现在已经7万~8万了，这是我在深圳的最大收获之一。说到买房，也因为有广州那套做底，后面连本带利卖得52万，才有深圳购房的周转资金。

除了买房这样大事的引导，王老师对我还有更大的帮助，那就是帮助我调到宝安城区。因为朱文彦老师生病不再担任石岩公学的校长后，有一天我和王老师一起吃饭，表示有调到新房附近工作的愿望。他当时立马打电话，把我推荐给现在学校的领导。第二年，我现在的学校就接收了我，但中间很多环节出现了不小的障碍，王老师在其中做了多方面的协调，最终得以成功。

王老师和嫂子华桂鸿老师，都非常善解人意，热情好客，我们都喜欢到他们家去喝茶。我有什么工作、生活上的疑惑，都会去找他们出谋献策，比如我评正高要去广州答辩的前一晚，有点坐立不安，觉得准备的自我陈述讲稿不够满意，夜深了我还跑到他家，请他帮忙审定。王老师有事没事，也经常请我去他家吃饭，邀我去参加他的诗歌朗诵会、音乐会等一些活动。我从中得到不少的启发，并开始模仿他的"明朗派"学习写诗。

黎克林老师是一位很和蔼的大哥，每次见面，他都和你讲桂林话，让你感受到家乡味总是真真切切地在那里。他见到我，大多是一声兄弟好，有时还会给你来一个热情的拥抱，特别让人感到温暖。他是一个充满正能量的人，有他在时的老乡聚会，气氛热闹，我从中感受到什么叫洒脱。

黎老师是学者，在市教科院工作，因为我平时申报课题、开发课程，以及名师工作室事务、申报教学成果等多方面的工作事务，需要经常跑教科院，很多时候我都会向他讨教，了解有关学术方面的政策和方向，以及工作技巧。他对我历来很关心，在学术上给我提出不少有益的意见和建议。他很谦虚，没有什么架子，每一次见我，都会说一番鼓励的话，激发我的信心。有时他会开玩笑地说，我们"百师大"（百色师范大专班）的人，还是有点料的。我作为右江师专毕业的百色人，为此也减少了一些自卑感。

孙向学老师性格豪放、行事大方、特别重感情。他对在深圳的老乡，对百色来访的校友，都十分有爱心，深得大家的敬佩。他是一位著名的作家、诗人，杂志主编，作品在省（市）乃至全国，都有影响力。在我起初的猜测里，这样的才子大哥，我是难以对上话的。但是，见面认识后，我发现，他相当友好，很会关心人。很多次活动，他主动邀请了我，让我受宠若惊，我为能走进他的圈子而感到荣幸和自豪。

除了乡情，我起初怎么也想不到在个人爱好上会与他有交集。起初我奇怪他会关注我的微信，并还经常评论点赞。后来有一天他在微信上跟我说，我写的诗有点意思，他想把几首发到他主编的《伶仃洋》杂志上，我才发觉他并没有我想象中的那样高高在上。我表态自己是在练习写作，不够格发表。但他认为我很勤奋，一定要鼓励我一下，最后还是刊登了一组出来。我人生第一次发表诗作，还真有点高兴。之后他在接待百色学院校友时，还特别邀请他们现场朗诵我的诗。

经过王熙远、孙向学两位大哥的指点、鼓励，我至今已完成了100篇诗歌、散文的创作。我现在初步规划再补充一些文字，争取出版一本《心有多大——中小学书法名师李汉宁诗文集》。

我渐渐发现，诗文比书法创作更灵活方便，不受空间、工具的约束，只要打开手机，随手就可以写两三句，然后再慢慢充实修改。这个新的爱好至少在目前还是很让人享受的！

飘飘荡荡人间烟云多苍茫，绕过多少道山梁，品味过多少甜酸苦辣，自己已说不清，痴痴迷迷只为找寻梦里他乡那个圆圆的月亮，纵然天空总是阴云，也不想放弃，不为感动别人，只为不让自己留下故步自封的遗憾。从广州到深圳，虽然没有太多的成绩，但能有今天比较安稳的生活，保持一点自己的爱好，我很知足。

感谢这八位贵人大哥一直以来对我的扶持，特写此文以表达心中对他们的敬意和感恩，同时祝他们好人一生平安！

（2020年7月13日）

# 教别人一下子写好名字还真有点难

做书法教师那么多年，常常碰到一些成年人找我练字，他们说要求不高，只求能把自己的名字写好就行。在他们眼里，你一个书法教授、中国书法家协会会员，教写一个名字，应该是件很简单的事。但如果我说不，那我在他们心中的形象立马就会被打折扣。

要写好一个人的名字，其中的笔画和结构都要遵循一定的规则。把笔画、结构的规则讲清楚，对我来说并不算很难，只要我做个详细的讲解分析，你按要求去写，写出来的名字一定会有所改进，增添更多的美感。但是，有些人以为有书法老师指导，两三个字的名字，专门练习一两天，应该就能拿下，以后写起来便会好看了。但没想到一两天下来，字形跟老师示范的字依旧有一定的差距，还是没老师写得好看，有点失望。

为什么这样呢？因为字讲究形神兼备，有了形还需要神，这和人一样，写字也讲外表也讲气质。你写了一两天，把名字的形写对了，但还写得不够熟练，笔画生硬，气势不连贯，看起来还可能缺乏一点从容、自然、生动的味道，所以才会觉得自己还没有写好。

这就好比照相，叫你笑，谁都会笑，但我们好多人经常会笑得不自然，所以照出来的相片也就感觉不太满意。你看人家演员就没有这样的问题，因为他们受过专业训练，表情管理随时都可以运用自如。同理，字的神采需要技法熟练，才会自然流露，这需要你长期训练。

所以，让我教一个成年人一下子把名字写得好看、写得耐看，真还有点难啊。

(2020年7月21日)

# 签名的最高境界是一根竹签串鸭肠

教书法这么多年，碰上很多人找我设计签名，让我留下了不少尴尬，因为艺术签名与真正的书法有很多不同，我真的不懂艺术签名的设计。

在很多人的眼里，艺术签名不但是行草书里最受广泛欢迎的，而且还是最高的艺术。

你看在街头巷尾，摆地摊卖签名的多受欢迎。好多网上预约，抖音直播签名设计的，都不乏客户。

一个签名设计顺手写来，三两分钟内就可以给你几个模本可选，十几二十元就可以得到一个签名模版，谁都情愿出这点钱。

只是有些签名，别人设计时，你看得很漂亮，到你写时，就不一定写得出味道来了。因为一来人家用的是较粗的笔来写，墨迹深厚抢眼，等你用普通的笔来写时，就变成纤细柔弱、毫无神采；二来人家用自己的风格习惯，写得行云流水，你是东施效颦、僵硬无趣；三来人家书法功底深厚，收放有度、方圆自如，笔力强劲，而你却下笔胆怯、纵横失控，形如死蛇挂树、毫无生机。你自己买来的签名却只能吸收到其中的一点皮毛。

签名设计多数采用夸张的手法，有时还很无度。有的人设计时，管它是字，是画，是符号，设计好的签名与实际的字形毫无对应，差十万八千里。似乎，那个洗碗钢刷般缠绕的符号用在你的名字里可以，用在别人的名字里也可以，有时让你觉得看上去像是你的名字又不是你的名字。

你是否留意过，你去签重要合同，比如你去银行签贷款合同时，人家要求你用正楷字体签名，不希望你用艺术签名，是不是怕今后有什么责任你不认账？

楷书有楷书的规则，行草有行草的来历，而艺术签名常常脱离书法行草的严格标准，恣意狂奔，不懂行草书的老百姓却误以为那是真正的书法。

书法家们写的行草书，都是笔笔有来处，字字可考究的。在全国书法展中，你的作品只要有一处草法不规范，很难入选的。书法家在自己的作品中签行草书名，都是标准的草法，绝不会是街头摆摊的那种天马行空式的所谓的艺术签名。

我是搞书法教育的，我写字时比专业的书法家更小心，对书写的规范特别地在意，所以我从来不去玩什么艺术签名。所以，找我设计签名的朋友，我都不知道该怎么回复。

经过观察，我发现艺术签名中最让老百姓喜欢的设计模式是：来一根横线，几个字串在一起，线条相互缠绵，前后彩带凌空飞舞，有时再补上少许星星点点，那可真迷倒不少人。如果这样描述你还不明白，那我直观一点说吧，就像烧烤摊上烤的一根竹签串鸭肠，上面撒点黑芝麻。

（2020 年 7 月 22 日）

# 我曾经是那个外来的和尚

12 年前，我下定决心从内地的大学辞掉公职，毅然到深圳的民办小学做代课教师，很清醒又很糊涂。

清醒的是，我知道自己来做什么，是我对书法教育太过于热爱，好想做一点新的研究。当时，是我的一位老乡大哥、深圳市石岩公学朱文彦校长给我发出邀请，中来任教的。我坚信他能给我有力的支撑，满足我这一点研究的爱好。我也坚信国家对书法教育会越来越重视，能给我一条走得更远的路。我更坚信自己的能力和耐性，在不久的将来多少都会有点收获。

糊涂的是，我没有太多的思考，这样没有退路的他乡生活，一家人的生计到底能维持多久，会有什么样的风险，全然不知。现在回想起来，还真是让人后怕得直冒冷汗。

不过，好多事情，想得太多太细，最终可能会迈不开步子。虽然后来觉得有点惊险，但因为还走得比较顺，所以，也没有什么后悔。

无论清醒也好糊涂也好，我当时是一腔热血、毫无顾虑地走进石岩公学，来策划学校的中小学书法教育的。我自以为一个在中国美术学院进修过书法专业、获过兰亭奖·教育奖的大学书法副教授、中国书法家协会会员，来这所民办学校的小学部工作，即便有不少新的挑战，也不应该有太多的困难。这一点我很了解自己，也很自信。

多年后的事实证明，我当初的想法是对的。我为学校做了一些有创意性的工作，也取得了可喜的成绩。比如只用了两年时间，就让学校获得中国书法最高奖——兰亭奖·教育奖·集体奖，成为兰亭奖举办至今全国唯一一所获得该奖的中小学校，引起了书法教育界的关注。

回想自己的收获和为学校取得的各种荣誉，我除了感恩朱文彦校长，感恩石岩公学之外，我还要感恩当年从别人那里听到的"外来的和尚好念经"这句话。

那时，石岩公学给优秀的临聘教师一个特聘待遇，我被推选为一等特聘教师，学校每年给予4万元的养老金，作为我辞职出来的补偿，待五年工作期满后，一次性付给20万。这个特聘一等的待遇，全校只有几个人，基本上是特级教师和教授。

学校重金聘请我来主持书法教育，不免让一些人有不同的看法。一是，有必要把钱投到小小的书法学科吗？二是，一个大学的书法副教授，来做这份工作，是不是有什么特殊原因？三是，朱文彦校长是我们百色老乡，我被看成是"朝中有人"，才会有这样的待遇。四是，学校本身也有好多老师会书法，有必要再花钱请人来吗？所以当时学校就有"外来的和尚好念经"的传言。

这样的传言对我是一种鄙视，让我的确有苦难言。因为我知道来石岩公学，不是我找上门来的，是学校为了顺应广东省中小学开设书法课这一举动请我来的。我不是在大学待不下去才来民办小学，我向原来任职的大学写了两次辞职报告后才被批准。我也不是穷得没饭吃，来讨饭的。我在大学，我老婆在医院都有公职，虽然谈不上富裕，但在百色和广州我们都有房，我们夫妻各有一辆轿车上下班，也并不是很寒酸。而当时公学除了五年期的特聘待遇之外，是没有其他方面的承诺或保证的，比如五年后的待遇，又比如代课老师有没有可能转公办老师，都是未知数，我也没有这方面的要求。

我过来一段时间后才发现，原来临聘教师的稳定性是个问题，待遇也差好多，你那五年的养老金能顶多大用？我可是用我的下半生，以及一家人的幸福来做赌注的。当我感受到个别公办老师冷眼看我这个教授时，真感到不是滋味。我想，要不是朱文彦校长是我在大学时的老领导，要不是他的人格魅力，要不是他是我老乡，我会来吗？我会来讨经念吗？

所以，在工作中，我不怕别人说我有老乡校长作依靠，同样，我发觉朱文彦校长也不怕被人说关照老乡的闲话。因为我们这种老乡之间的关系，主要是建立在为学校创建书法教育特色的工作上。

因为"外来的和尚好念经"这句话，让我强化了与朱文彦校长的老乡关系。我心里想，要是工作做得不好，会对不起老乡，会让别人说闲话，因此我的工作压力要比别人大得多。所以，在公学的几年，我真的做了不少的努力。我只有一根筋，做好外来的和尚，把经念得顺畅，念得响亮。

很遗憾，因为朱文彦校长身体的原因，后来不再担任校长，学校书法教育和我的研究工作也暂时被搁浅。在完成了我的五年工作合约后我主动要求调走。因为我已经通过招考转为公办老师，按当年合同规定，一旦转为公办，五年特聘一等20万的养老金自动取消，那笔钱我一毛也没有领到。另外在代课的日子里，我只有税前5000元的固定工资，朱文彦校长也没有滥用私情，不知道有几个人得知。

我换了另一所学校来释放自己对中小学书法教育的热情。我确确实实成了那个先前被人说的外来的和尚，念完一段经就离开，把庙留给原本的人。

走的时候很伤感，因为石岩公学是一所从幼儿园、小学、初中到高中，乃至可以推荐国际留学的学校，这种教学背景最合适中小学书法教学的实验和研究。同时又因为石岩公学是公私合营，有很灵活的方式可以支持中小学书法教育的人力、财力、物力。加上已有兰亭奖·教育奖的基础，我真是一万个舍不得。

　　走了之后才明白，一切该任由天意，门关上了，窗还能打开。我又看到了新的风景，找到了属于自己的容身之处，我不再做别人眼里那个外来的和尚，开始走向深圳市书法名师、书法正高级教师申报评审，全国书法教育十佳公办学校创建的旅行，曾经的往事成了不可多得的财富。在后来的征程里，虽然没有朱文彦校长亲自的陪伴与呵护，但从来不缺少他在背后默默地关注与鼓励，我心中的遗憾自然少了很多！

（2020年7月22日）

# 醒时思念梦时追寻的广州番禺

　　翻开为数不多的在广州番禺时拍的几张照片，又把我带回到了十几年前。或许我走过的城市不多，对外面的世界认识得太少，又或许我是南方人，对南方的风土人情、气候条件容易适应，所以，在决心想"下海"的那个年头，我来到番禺时，就喜欢上了这里，而且喜欢得很强烈。番禺给我留下太多美好的印象，让我有过好多次心潮涌动。

　　为此，我在那里工作过，也买了房，上了户口，上了车牌。后来，我因工作发展的需要，来了深圳。无论离开多久，记忆里的番禺从不改变。

　　番禺是一尘不染的。番禺是广州的新区，得到很好规划，添设了好多新的市政设施，环保绿化率很高。这座城市给你的感觉，好像刚洗出来的一样，道路上柏油路面干净得漆黑发亮，树叶青翠。你看祈福新村的周边，你看三五里长的南大路，面包掉到地上，捡起来吃好像都没有问题。当年初到雅居乐，我还以为是个疗养胜地，其实只是普通百姓的居住区。

　　番禺是清新透明的。番禺环境优美，半城绿树半城楼，没有什么污染，人口没有旧城区那样密集，空气很清新，特别是北部，河流众多，早晨和傍晚的时候，你漫步在星河湾、华南新城的人行道上，清爽的空气可以清洗你的心肺。那时候在附近学校工作，晚自习下课后，大家都喜欢出去夜游一下，走一圈回来后晚上好像睡得更香。

番禺是色彩亮丽的。走在番禺，无论是自然景观，还是人文景观，色彩丰富而和谐，让你好像走进了童话的世界里。城市的绿植随一年四季的变换，给你编织出不同的美丽画卷。从海珠区进番禺大桥的那一刻起，各种楼宇错落有致，色彩层次分明。你要是想去哪里，认准了色彩，方位感十分清晰。最让我感动的是，万博中心刚完工的时候，洁净得好像出水芙蓉。

番禺是田园气息浓郁的。番禺很大，可以说是广州的卫星城，由好多个城市片区组合而成，中间夹着广阔的田园，道路四通八达。在天气宜人的时候，你开着车去兜风，就成了观光之旅，繁华里你会找到休闲，找到乡村气息，让你感受到还未出城已到农家，已到郊野。莲花山风景区、长隆香江野生动物世界、大风车农庄，数不胜数，保你心旷神怡。

番禺是食在舌尖的。人说食在广州，在番禺你一定能感受到。客家、潮汕、顺德各种地方菜肴五花八门，但基本上都比较清淡，特别适合我这个广西人的口味，番禺的环境，配上番禺的菜，让你吃得更娴雅、更舒心。你不用点太多太复杂的菜，两三个有特色的足矣。我经常回味南村的鱼粥，那个鲜美，让你吃在舌尖，沁在肝肠。我们偶尔会为那口粥，傍晚从深圳赶去番禺，哪怕油费路费比粥贵得多。

番禺是梦时追寻的。番禺的房价远没有深圳的贵，而且很多个楼盘公共绿化率很高，四周开阔，十分宜居。要不是缺钱，当年在番禺的那套房，前山后水，窗外绿浪成波，我一定不会卖掉。好多次去番禺的时候，我都带着留恋的心情，要去望一眼曾经的家。

番禺是留驻风采的。番禺的一石一物，一楼一树，无处不风景，都是扣人心弦的美。仰头天蓝云白，回眸江上碧波，天下的桥好像都集中在那里展示，走进这样绮丽的风光里，记得留意你的手机容量，腾出足够的空间，因为好的风景很多。如果你对番禺动心了，路又不熟，可以约上我！

（2020年7月28日）

# 数学不过关怎能搞好书法教学

近年来我出版了不少的书法论著和教材，有的书经常脱销，有的书出现了盗版，有的书网上售价翻了五六倍。因此，平常总免不了有熟人、读者找我要书。说实话，我手上存的书不齐，有的也不多，真的不太情愿办这个事，为什么呢？

好朋友吧，索要一两本书，不知道怎么去收钱，一旦送了，我还得贴上快递费，而且这个朋友给了，那个朋友又来，已经不是一两次了。普通读者吧，我赚那几块差价，费的心机还不少，加上没那么多时间应付。纵然有千万个不乐意，但想到人家对你的书那么认可，就当做点善事吧，后来也没计较那么多。

可有趣的是，有时候碰上一些好心的熟人，他说介绍一个朋友跟我买书，对他来说好像在帮我发财了，要向我请功似的。但这对于我并不算是个什么大好事，既然是熟人介绍的，哪怕几块钱，你也得打个折吧？不过从书价上算，再怎么打折，还是可以赚到钱的，三两毛钱也是赚。可是，不谈干扰了个人生活，填个单也要花几分钟，加上来回跑快递店可能要花费半个小时了，我这个正高级教师的人工费呢，都不止那点打折的差价了吧？

《中小学书法教学法》刚出版的时候，我一天不停地打包、填单，觉得书那么畅销，挺开心的。后来发现，其实也没赚多少钱，还不如写几幅字的润笔费。之后，我就不亲自卖书了，叫大家找出版社或网购吧，我自己除了收几本样书，不进货，也不存货。因此，可能得罪了一些朋友，在他们眼里，你出版的书，你自己没有才怪。

的确我被误会了，他们不知道，书是我写的，著作权是我，但是给出版社出版后，销售权是出版社的。申请书号、排版、编辑、校对、审稿、封面设计、定价、印刷、发行等全是由出版社决定和执行，这与我已经没多少关系。如《中小学书法教学法》合同与广西师范大学出版社有十年的版权归属，我不能私自去印刷的。

对于我来说，一本自己的书能得到社会的认可，给我带来的精神上的价值远远超过金钱利润。我不是大作家，一本书出版能赚几百万上千万，利润无可估量，我只是做点研究，偶尔出版自己的学术成果，真的没想过出书赚不赚钱。

知道书里包含以上不少的门道之后，我们来看看，作为教师，作为家长和学生，该如何看待书法教材中所包含的数学。这个数学算得好，无论教与学，都会有好的效果，和银行理财一样，是需要用点心去思考的。

影响学习书法最主要的因素不外是师资、教材、文房四宝、场地设备。现代人的生活条件不错，场地设备要多好有多好，有时候，垫一张平滑的板子就能写字，不必非得用红木桌子，教材字帖能解决的，不必用电脑投影。文房四宝更简单，特别是硬笔书法，一支笔一张小桌子就够了。其实最大的问题是师资和教材，师资谁都知道，只是教材的重要性，认识到位的人不多。

我国的中小学书法教育起步太晚，教材是个大问题，至今还没有统一的解决办法。好的教材益人、坏的教材毁人，这一点在书法培训中体现得更为明显。

就举个简单的例子吧，你拿仿宋体、黑体字让小学生入门练练看，非但练不好字，还会养成坏习惯。

好教材是什么？

我认为，好教材就是教师教学的方向和思路，没有好教材，教师的教学可能会杂乱无章，没有规律，甚至可能会本末倒置，浪费时间。好教材又是教师有力的助手，特别是经验不够丰富的老师，好教材是个很好的依靠。好教材又是学生学习的模式，能有效地保证循序渐进的学习，一步一个脚印，踏踏实实地学好本领。好教材犹如学生的营养餐，是量身定做，保证身体科学合理地摄入营养。

好教材是怎么写出来的？

好教材是经过专业的执教者编写出来的。如果你不会书法，你不教书法，只是有一点语文的常识，套用一点美术技巧，再按其他学科的思路，东拼西凑出的教材，那不是好教材。

好教材还是通过在教学实践中，不断地检验，不断地修改完善出来的。它需要在不同的时间、不同的地点、不同的学生身上，找到统一的着眼点，要花费很长的时间去发现其可靠性。我获得"全国书法教育十佳受欢迎教材"——《中小学书法教学法》的原稿，是我从大学到中小学的课堂上，经过26年的实践改进出来的成果。

好教材又是编者个人独特智慧的结晶。同样的横竖撇捺，同样的田字格，别人的教材一教就懂，一学就会，说明里面是有东西、有学问的。

好教材的价值在哪？

它能保证教与学的专业化、系统化、科学化；保证教与学的高效性、可持续性，不会让教师在教学过程中受阻碍，不会让学生的发展断了路；还保证让教师教得轻松，学生学得快乐。试想，拿到一本教师都看不明白的教材，怎么教？学生摸不着北的教材，怎么学？这一点不难理解。

好教材的价值如何？

好的教材，它的价值远远超过它的定价。不要仅仅从书本的标价来看待一本书值不值钱，也不要为了省几块钱放弃那本你认为有价值的教材，而让教学走错了路或者走进了死胡同。为什么那么多小孩长大了，字写得不好，除了练与不练的问题外，那就是老师、教材的问题。

一本好的教材，不一定出版。现在盗版的现象很严重，好多有口碑的教材是连锁加盟内部使用，不外卖，不复印外传，其中不无道理。虽然是不公开出版的内部教材，但好的教材不能用价格来衡量。好教材需要从它的价值，从知识产权的角度去考量价格才对。

我来看看教书法的教师，以及家长和学生，如何看待学习书法教材的价格。

先看看书法教师。

很多书法教师找我要教材，原先一本包含笔画、偏旁部首、结构、作品的硬笔教材，承载的内容足以让你办一期的硬笔书法班，懂行的人二话不说，原价几箱地买。其实，我也只是为了《中小学书法教学法》的推广，一本只赚几毛钱，我还要拖货去物流公司，太辛苦。但也有不少书法老师，为了一两块钱和你砍价砍到天昏地暗，我差点想说，一期硬笔书法班，教材费只占3.6%，好的教材是在帮你做广告，增加你做书法培训的信任度，这个价值是无形的，不等于别人在免费为你宣传吗？

再看看家长和学生。

有些家长和学生找我买教材，习惯从三折起讲价，还说书店都有折扣，真让我哭笑不得，我差点想说，不谈老师的劳动成果，你也得考虑小孩的学习正道呀！

我曾经开玩笑跟一个家长说，你看书店什么时候有减价，200块钱买20本字帖，让你小孩在家练，保他三年都用不完，也不用花钱交学费，他笑了。我又跟他说，书店的字帖比我写的字都好，因为我不是硬笔书法家。他说他也在书店给小孩买过好多本字帖，就是没有效果，但用我的教材就很见效，这回到我笑了。

我跟家长和学生都坦白过，我的字写得没书店里的硬笔书法家好，但对于刚入门的中小学生来说，暂时做一段时间的范本还是绰绰有余的。之所以学生用我的教材容易见效，那是因为我做了很多年的中小学书法教学法实验与研究，这点我就不谦虚了。

作为书的作者，我可以这样说：任何销售渠道卖我的书，利润与我无关。另外，我不希望出现售价比定价还高的局面出现。

（2020年7月30日）

# 主观臆造的结构理论误人子弟

从事书法教学这么多年来，我觉得笔画教学容易讲得清楚，但是讲结构就难了。笔画的提按顿挫、方向变化，很多人都能讲出点味道来，但因为结构比较抽象，就不知道从何谈起了，有时会感到越讲越糊涂。

书法的结构，需要明白怎么写才美观，写法包含了不同的书写规律和审美原则。如果结构没有说到本质上，那讲也是白讲，只能让学生机械地记忆古代碑帖的字形，依照葫芦画瓢。

可能是缺乏专业理论学习的原因，我发现不少语文老师给学生讲结构，总会告诉学生，这一笔要对准哪里，那一笔要对准哪里，却极少说明这样做的原因，也不叫人去思考。

我曾经在网上偶然翻到某本书法出版物，里面谈到"敬、献、敛"等字，作者解释道："右缩左放宽，左部大半倍，照办不难看。"我猜测，作者应该以为这些字左部笔画多就应该宽大，右部笔画少应该缩小，所以强调要把左部放宽，要大半倍。但我不同意这样简单的推理。

我认为，结构是由笔画组合而成的，笔画和结构之间会互相制约，只有互相平衡到恰到好处才行。笔画不能想怎么写就怎么写，爱写多长就写多长，得看结构的"脸色"。比如"林"字，本是双木成林，但左边的"木"中的捺，为了结构避让,只能变短,变成点了。反过来,结构也不能为一己之好,想怎么变就怎么变。我们来看看"目"字,都是横横竖竖的,笔画本身的特性是横平竖直,你怎么写得出一个姿态婀娜、生动有趣的结构来?

因此,对于书法的结构,我们需要参照其他造型艺术,如建筑、舞蹈,探索其中那些所谓重心稳定、对称平衡、斜正对比、疏密得当、比例分割的美学原理,也要尊重实用汉字的一些笔画规定。这样才能把结构写得合乎常理又富有美感。

回到前面所提的"敬""献""敛"等字,我的观点是捺属于高难度的笔画,要注意方向变化,前部分过于直下不易过渡到向右出锋,需要向下偏右舒展,这是笔画的特性。这三个字中的捺又有另一个特点,都是最后一笔,写的时候要像悬针竖一样放出去,这是一种普遍的书写习惯,所以捺在这里必定是长笔。既然捺是长笔,需要占右边的不少空间,按卫夫人"意在笔先"的书写要求,我们在写"敬""献""敛"等这样的字时,左部就不应该主动放宽到"大半倍"了,应该把它写得紧一些,主动为右部节约出空间来,让捺成为主笔,伸展开来,使整个字神采飞扬。

大家仔细想想,我说的有没有道理?

(2020 年 7 月 31 日)

# 人生如藤

人说人生如茶,清香淡淡;我说人生如藤,坚韧延绵。

人生如藤,不同的人和不同的藤一样,都有自己独特的生长方式,或贴地而行,或翻越墙角,或爬上岩石,或缠绵树干,或绕上架子。在每一种藤的生命里,何时直伸何时盘旋,何时行进何时后退,没有统一的行程。

人生如藤,不同的人和不同的藤一样,都将生命视为至高无上。无论根植沃土,还是贫瘠石缝,能长一尺,就不会只伸一寸。狂风暴雨之后,谁都会依旧寻找那一道阳光,等候那一滴甘露,从来没有过多的奢侈。

人生如藤，不同的人和不同的藤一样，都以挫折为必然经历。无论藤蔓的哪一节茎被扭曲了，哪怕是破了肉，折了筋，只要有一线生机，一定会努力自我修复，不会轻易放弃生命。

藤不分贵贱，只要是藤，在人们的眼睛里都是一样地错综复杂，来去无序，哪里是头哪里是尾，难以分辨。只要是藤，无论顺不顺眼，每一段一定都一样，有来源也有去处，活得坦坦荡荡，明明白白。

藤从不做攀比，无论贴地而行，还是缠绕树梢，藤都会按自己的方式，自由洒脱地生长，各有长度，各长分枝，互不模仿，不同的活法有不同的精彩。

你看，红薯的藤趴在地上很从容，它的每一个节点都能长出根须，伸入土地吸收营养，既孕育了旺盛的绿叶，又可以结出沉重的果实。

四季豆的藤缠绕在竹竿上很清高，它要一波又一波地长出垂吊在空中的豆角。

葡萄的藤千回百转，头接着尾很莽撞，你不必纳闷，它想尽量挤出空间结出密密麻麻的果实。

紫藤则把明亮的翠绿和娇艳欲滴的紫色带给了春天，入秋之后，退去繁华，留下光秃秃的藤直奔冬眠。

爬山虎有自己独特的个性，攀援在墙上，不停地往上爬，追寻生命的阳光和雨露，逍遥了自己，阴凉了别人。

人生如藤，随性而生，顺势而长，只要坚韧地走过自己的岁月，该长叶的长叶，该开花的开花，该结果的结果，人世间一辈子只不过是一种经历而已。

（2020年8月4日）

## 我又找回喜新厌旧的心

因为旧手机太卡，我又有拍照和文章编辑的需要，刚刚换了一台手机。这台6000多元的手机，是我目前为止用过的最贵的手机，有点心痛。

在深圳的13年里，这算是第一次因为手机赶时尚了。用了新机之后，发现用起来十分顺手，刷新了我对通信产品多年的认识，再一次找回喜新厌旧的心。

因为对手机的性能不了解，在购买之前，我考察了一个多月，咨询了好多个朋友。老婆开玩笑说，为了一台手机，看到手机店的销售人员都反感你，还要满世界地打电话问这个问那个。这话触动了我，又不是什么大不了的事，买吧！买个新的。

一个朋友知道我不想买贵的，开玩笑对我说，一个开着路虎的人，拿着一个过时的旧手机，很不合拍。这话又刺激了我的神经，买吧！买个好的。

前几天学校监考开会，见了一个同事的手机，我问他多少钱，他说一万，顿时让我傻了眼。他的手机价格勾起了我的购买欲，买吧！买个贵的。

我到手机店购机时，业务员小姑娘取出旧手机的芯片卡时，手机竟然死机了，在等待重启的时候，小姑娘掏出她的手机玩，我问她这手机多少钱，她说一万，我自感无地自容。心里想，这个世界，我竟如此格格不入。

为此，手机买回来之后，我甚至觉得好像办了一件很了不起的事，像收获学术成果一样，有时代背景，有形势分析，有考察立项，有研究过程，有形成结论，有最终成果，一切都那么有理有据。

一台手机之所以让我犹豫那么长时间，是因为价格超乎我的想象，我从来没有买过超过2000元的手机，我的心理价位一台手机顶多就是3000多元。因为我只是用手机打电话、发短信、看新闻、拍照、编辑文章而已。

这回如此"破费"，其实并不合乎我的购物风格。但买房买车的时候，我可是很有胆魄，在自己的经济承受范围内，一咬牙就拿下了，多少次在糊涂中竟办成了大事。平时生活里，一家人上饭馆，一周一两次也没觉得什么浪费。偏偏在手机上，我的观念出了问题。

要不是因为华为手机拍照功能强大，符合我日常生活和工作的需要，这个价格说不定我也还是否定。我只是觉得，手机大多是用来打电话、发短信，其他的都可以忽略。

为一台手机犹豫，也真不必要呀！我也曾做过不少赶时髦的新鲜事。在广西的时候，从早期上市的轻便摩托车、0.8排量的小轿车、二哥大、BP机、爱立信手机，好多新玩意我都买过，被公认为是单位里第一个吃螃蟹的人。还有后来的索尼数码摄像机、佳能单反机我都早早地就买了。

我曾经很痴迷于这些电子产品，在价格的问题上，我可是很想得开的。当年停薪留职在广州工作，算是见了点世面，当时常常在华南地区乃至全国都很有名的广州新塘逛街,看到之前都没有听说过的各种电子产品,觉得非常神奇,被深深地吸引。

从广州回广西的时候,因为当时广州的工资是广西的6倍,我买了一大堆电子产品。

不过,话又说回来,我当年的追时尚,不是为了标新立异,也不是要什么排场。因为无法继续留在广州,回广西的工资太低,我便利用自己的书法特长,到处去兼课,去办书法班,摩托车和通信工具的确是特别有用的。这一点我在从广州回去时早已意料到,并做了行动上的准备。

在学校工资不到400元,座机要交3000多元安装费排队安装,手机只是个别"经理"才有的年代,我在家里便安装了子母电话。子机就像手机,在客厅、在厨房、在卧室都可以使用,不知让多少朋友羡慕!

二哥大,现在的年轻人可能都没有听说过。二哥大,其实就是无绳电话,都是连接电话线,用的是电话号码。子母电话的母机是一个普通电话,以线连接听筒,子机与母机则是无线连接,可以接听和拨打电话,现在已经比较普及。而二哥大的母机没有听筒,只是一台接收或发射信号的大功率转换器,二哥大作为子机,可以接听和拨打电话。

子母电话间的信号很弱,通常只是在室内使用,而二哥大与母机之间信号很强,可以距离好几百米。如果从母机拉一条信号线,接到配好的天线上,再把天线放在楼顶上,信号可以传好几公里远。当时我的二哥大价值2000元,今天看来很便宜了,但对于工资不到400元的90年代,也算是一大笔钱了。

当时因为我住在楼顶,所以天线很好安装,二哥大用得很顺畅,因为外形和大哥大相似,很多人以为我很有钱,但他们根本不知道,我用的其实只是家庭电话,话费不高。有人打电话找我,我在外面接了,说不在家,经常被认为是说假话。

二哥大的确很实用,只是好景不长。有一天,不知是学校还是无线电管理部门,我拉的天线被人从楼顶剪走了。因为本地没有配件可买,我的二哥大远距离功能便不能使用了,让我好几晚都睡不着觉。

习惯了无线通信设备的方便,容不得没有二哥大的日子,我便咬牙花了1800元,从朋友那里买了一台真正的手机,二手的爱立信,配上了移动通信最初期放出的139号码。

用着这台真正的手机,在大学同学的聚会上多么的豪气,那时班上也只有一两个同学有手机而已。

　　回想用二哥大的时候，我同时配上了BP机，每天出门，两个机子就别在腰间的皮带上，再骑一辆大阳摩托车，在别人眼里很是气派，偶尔还会被人称为是大学教师中的"老板"。有时还别着机子去上课，有些领导和同事都看不惯，觉得我张扬得不像个老师。

　　可是，谁也不知道别两个机子在腰上，也有我的苦处。我人瘦，两个通信设备较重，裤子经常往下坠，裤头老是歪着的。哪怕当众，也得时不时拉一拉裤头。

　　作为年轻的书法教师，自认为有点文艺范，被学生私下评为学校的才子，加上摩托、手机等的烘托，我成了学生心目中既有学问，又有财力的成功人士，甚至是偶像。

　　换了小巧的爱立信手机之后，热乎劲一过，交电话费时人都傻了，那个费用你根本付不起，用了一段时间之后，费用便宜的小灵通出来了，我就将139号码转让了，买了个小灵通一直用了好几年，直到我来深圳。

　　到深圳后，我买了三星手机。当时的手机还不是智能手机，只能打电话和发短信。但是手机已经是很普遍的通信工具了，哪个教职员工都会有。那时候手机的品牌、型号也没有今天那么多，人们很少把手机当作什么奢侈品。

　　不久后智能手机出来了，因为一心一意搞中小学书法教育研究，加上房子刚刚落实，车子也还没有换上深圳车牌，对通信设备方面，我也没有太多的要求。三星手机用了四五年后，出现了故障，我换了小米手机，又用了四五年。在用三星手机和小米手机的年代，大家相互间对手机也没有太多的攀比。

　　后来苹果手机火了，从那时候开始，大家明显地开始攀比手机，有人甚至连夜排队买新机。但是当时因为我使用手机的机会不多，小米手机之后，我买了OPPO手机，一用至今。

　　在用OPPO手机的这三年里，因为常常用手机写作，加上因出版需要拍照增多，单反携带又不便，还有上网阅读量多了，觉得这款手机的内存以及功能已经不够我使用了，才开始有换手机的想法。

　　因为好多年从事学术工作的原因，我很少接触手机上的应用软件，比如什么抖音，什么炒股、游戏的软件。加之年龄渐长，所以在大庭广众之下拿个过时的手机，对我而言已是再平常不过的事。

　　只是因为整理学术成果、图书出版、编辑文章成为我目前最主要的工作，而这些工作都与手机有关,新手机买回后的这两天,的确让我感到做这些事,很快捷方便。突然间,我又找回了喜新厌旧的心。

看来在今后的生活中,也得稍微向时尚看齐。

(2020 年 8 月 5 日)

## 缝纫机是我永远的追随

在广东顺德一条步行街的小店门口边上,摆着一台古老的蝴蝶牌缝纫机,我特别停下了自己的脚步,情不自禁地去拍几张图片。因为缝纫机对于曾经的我是一件奢侈品。

于是我想起了从前,童年的时候最盼望的是过年,因为过年的时候有肉吃,有时还会有新衣服穿。那时的衣服,都是母亲用大舅家里的缝纫机亲手做的。每当母亲给我做新衣服的时候,量完了尺寸,我总会一步不离地看着她在布料上画线、剪裁、缝制、钉扣子,直到衣服制作完成我能试穿的那一刻。

无论是一天还是两天,我站在缝纫机旁的每一分钟,心里都充满着甜蜜。在缝纫机一针一线的嗒嗒声里,我总是幻想长大后也能买一台缝纫机,也能学裁缝手艺,和邻村的裁缝师傅一样,专门给别人做新衣服,不用干农活。

那时候,单车、缝纫机、闹钟是有钱人家才有的三大件,让多少农村家庭梦寐以求。谁家要是有这样的家当,在十村八里挑媳妇,准能挑一个成一个。当时一个屯五六十户人家,也只有三四户人家才有这三大件,我家一件都没有。

高考之后的暑假,作为小学老师的二舅在学校接待了一位从广西马山来办培训班的裁缝师傅。因为二舅的关系,我得以免费听课学习。我想如果大学落榜,做裁缝对我应该是个很好的选择,所以特别认真地学习。到实践的环节,我就跑到大舅家,用他家的缝纫机学习车线。

因为外公和母亲都会木工、竹编,从小耳濡目染,我也很喜欢尝试,加上外公那里齐全的工具,我可以随时借用,所以简单的桌椅、菜篮、簸箕、鸡笼、箩筐我在读初中前就会做,又因为常年看父亲编织渔网,我自己也亲自做过不少。所以我学缝纫比别人更加容易上手，这极大地增强了我做裁缝师的理想和信心。只是学习班结束后，我收到了大学的录取通知书，裁缝师的梦从此中断。

回首这些过往，我深感所有的经历都是人生的财富，无论甜酸苦辣。每一次刻骨铭心的经历，都会触动我的神经，激发我对生活的热爱，对事业的执着，对理想的追求。

所以我觉得是那个贫困、艰苦的特殊年代，磨炼了我的意志，增强了我的承受能力，曾经不可思议的痛苦经历，成为我人生中不可多得的财富。

再次看到缝纫机，我感到那么熟悉。熟悉的是绕线圈、滴润滑油、装针引线、调针孔距离、脚踩转动板等好多动作，依然深刻在记忆里，没有变淡。

再次看到缝纫机，我想起它脚踏实地的作风和坚持不懈的精神。人生的步伐需要像缝纫机一样，每走一步如同下针扎扎实实地走，人生的路程，需要像缝纫机一样，一针连着一针，坚持不懈地走。

缝纫机的形象和精神品质是我永远的追随！

（2020年8月10日）

# 思想高度决定成果价值

近年来，我因专注于学术研究，经常做一些反思，感觉成败均有。从实践中我深深体会到，一件事能不能做好，最关键的是你想怎么去做，思想的高度决定成果价值。因此，在每一个项目的规划和实施时，我都会反复思考，怎么样去做，才能获得更好的成效。

生活中同样的事情，不同的人有不同的做法，也做出了不同的成果，因为他们的思想境界不同。

下面说说我的一些经历和体会吧。

好多次我把书稿或文稿转给一些朋友请求修改，大部分人只帮我修改了其中的错别字和标点，没有提任何意见和建议，这样的反馈，我多少还是有点失望的。因为我最想知道的是我这些稿件中，哪些方面值得肯定，哪些方面不是很妥当，内容应该如何取舍完善。如果仅仅是指出几个错别字和标点，我倒觉得没有多大的意义，因为书在出版前，编辑对文字、语法、标点都会进行处理。

《中小学书法名师之路》的目录在规划时，我先发给了黄兴林先生看，他只给我了一句话："把需要走的路清晰地呈现出来，并把走路的方法阐述好，就达到目的了。"这给我坚定了方向，后来在撰写时，我都努力突出这一主题，相信这能让读者在阅读每一个章节时都能看到有价值的内容。

后来我将书稿又发给了朱文彦先生，他回复说："章节规划太多，有点啰嗦，最好进行整合，甚至可以删减一些次要的内容。"我觉得很对，原本编写了18章，之后改为13章，最终做到内容完整但又不拖泥带水。

（2020年8月13日）

# 关于小孩练字给年轻父母的忠告

写好字，在某种程度上已经成为小孩学习的良好开端。我劝告年轻的父母，从小孩上小学的那天起，安排一点时间，给小孩学一点硬笔书法，学不了一年学半年，学不了半年学一个月，千万别忽视。你可以暂时把别的技艺学习缓一缓，但写字真不能缓，一旦写字写出坏习惯，就极难改正。小孩无法回避写字，因为一笔一画，每一天都会在他的作业里、试卷上表现出来，甚至影响他的考试得分，直到成年进入社会！

我一直教书法，也只教书法，从大学教到中小学，从老年大学教到书法教师培训班，太多的经历或实践，让我看到了书法教育的很多问题。因为人们认识上的原因，儿童写字教育很大程度上被人忽视，很多小孩错过了练字的黄金时期，留下了终生的遗憾。

我在初中从事硬笔书法教学的这些年来，发现大部分学生写的字十分不规范，甚至不美观。在电脑扫描阅卷，讲究卷面印象分的今天，很多科任老师常常为学生不规范的字生气。平时有科任老师找我，有家长找我，说能不能帮帮忙教一教，让学生提高书写水平。除了初中生家长，也有不少小学生家长找我，很想解决小孩写字差的问题。

说真心话，有些我能帮上忙，有些真是无能为力。字不是一下子就能练出来的，特别是形成了坏习惯之后，要在短期内改变，是不可能的。小学高年级到初中这一年龄段，要纠正小孩写字的坏习惯，很费劲。你一周教他一两节课，刚改了一点点，回到家为了赶作业，为了速度，又没有人监督，坏习惯难纠正。

我认为练字的黄金时期应该在小学一年级到三年级的时候，早一点也可在幼儿园大班的最后一个学期开始练习。这个阶段是小孩识字认字的基础阶段，也是写字的基础阶段，你给他教什么样的写法，他就形成什么样的规范。这和说话一样，你教他什么样的口音，他就形成什么样的口音。

写字教育要抓住小孩的黄金时期，千万别错过。我劝告年轻的父母们，小孩一上小学，马上要让他练字，有条件的最好是到培训机构去学一学。虽然很多学校都有书法课，但如果不是很专业，还是到专业培训机构里进行学习。专业培训机构的辅助通常会更到位，对小孩是很好的磨炼机会。

现在人们的物质条件好了，对小孩的教育都非常重视，业余时间都会安排各种文化课、艺术课、体育技能的学习。但无论怎么安排，我都会劝告年轻的父母，在小学低年级时，一定得优先考虑让小孩练字，一两年你觉得长，一两千学费你觉得贵，那你给他学半年吧，让他掌握写字的基本规范，是受用一辈子的。

在这里说的写字，是小孩学习上必备的技能，我们不是要掌握什么特长。有些家长认为，我不要小孩长大了成为书法家，干吗要去学书法，有这种想法就错了。你以为写字很简单，不用去学，那最多只能把字写对而已，而要想写得又好又快，必须得学习写字。

聪明的家长，小孩一上学就送去练字。

小孩一开始字写得好，语文学科就有优势，其他作业也会让老师有好印象，另外写字能锻炼专注力，学习就能更好地走上轨道。如果偶尔得到老师的表扬，老师和同学都开始关注了，小孩的自信很快就建立起来了，那是何等的重要！很多人都知道，小学低年级写字好的，学习成绩一般都好。写好字，在某种程度上成为小孩学习的良好开端，这就不难理解了。

年轻的父母们，不知我讲的这些你们认不认可？

（2020年8月16日）

# 百色人对早餐的重视让你大跌眼镜

　　早餐要吃好，中餐要吃饱，晚餐要吃少，这是人们提倡的饮食方式。因为一天中最高效的工作在上午，需要充足的体能，早餐是需要讲究质量的。如果不吃早餐，血糖会低，注意力不容易集中，而且空腹时分泌胃酸的时间久了，会导致患上慢性胃炎、胃溃疡等疾病。而晚上活动量不大，吃太多会加重肠胃负担，容易导致失眠、肥胖、记忆力减退等。

　　可是，很多人却将它搞反了，变成早餐随便吃或不吃，晚餐大吃特吃。现在人们的工作竞争激烈，压力也很大，早上起来要赶去上班，没有充足的时间顾及早餐，特别在大城市里，上班赶路一个小时以上的大有人在，早餐带上一个面包已经算是很幸福了。晚上回到家，时间不成问题，好好做一两个菜，把简单的早餐和中餐补回来，有时还要喝上两杯，图点生活的乐趣。

　　但随着年龄的增长，晚餐吃得太多，睡觉时真的不舒服。而早餐我真的无法保证可以吃好，有时起得晚，学校食堂里的食物品种已不多，没有选择，那就随便吃吧。

　　深圳街上的早餐，各种风味、各种吃法都有，但大多我都吃不惯。我最怀念的是家乡百色的早餐，每次回去，最盼望的就是第二天早上的早餐。百色的早餐以米粉为代表，广西的米粉五花八门，有老友粉、螺蛳粉、桂林米粉、生榨粉、酸粉、生料粉、粉虫、卷粉、猪脚粉、牛腩粉、鸡肉粉、烧鸭粉、叉烧粉等，无法数得过来。

　　也许是天气比较热的缘故，百色人吃米粉，都喜欢有汤的，热天解渴，冷天也能暖身。百色粉摊的汤水讲究鲜甜，吃粉一定要喝汤。热天的时候，喝到胸口流汗，加上米粉薄、软，有韧性，抬手一夹，入口一吸，瞬间入胃，那种爽滑让人回味无穷。百色的米粉不像深圳的河粉那样厚、硬，容易断、烂。百色人一日三餐吃粉都不会腻，我回百色中餐宁愿吃粉，也不想吃饭。

　　百色是个生活节奏很慢的小城市，在城区里上班，大多人的住宅和工作单位离得不会太远，中午都可以回家吃饭休息，吃早餐的时间还是比较从容的。百色的街上，很少有什么包子店、馒头店，大多数人吃早餐就爱吃粉，面是基本找不到的。

  百色人吃早餐是很用心的。为了一碗自己喜爱的粉,从城头驱车到城尾也在所不辞。在百色吃饭,不会看到有人排队,一旦有排队,没有人等,都会换另外一家店。但吃粉不一样,买了票,一堆人挤在那里等,轮到你的时候,你要及时讲放什么料,比如汤粉是放叉烧还是脆皮,牛腩还是烧鸭。百色的粉,有扁粉,有圆粉,有小碗大碗之分,买的时候要讲清楚,取粉的时候要看清楚。

  好吃的米粉店,排队多久人们都愿意等,没有位置就在店门口端着碗站着吃、蹲着吃,完全不顾形象。热天的时候,一碗粉吃下来额头脖子汗如雨滴。百色那家阿雄米粉店及旁边的那个大碗煮粉店,经常上演这样的场景。

  在比较宽敞的米粉店吃粉,如果时间充足,通常会一边吃,一边翻阅手机,偶尔让流动擦皮鞋的工仔顺便把自己的皮鞋擦亮,吃完早餐就去上班,真是件惬意的事。

  如果在烧鸭粉店吃粉,比如城乡路上的那几家店,不赶时间的话,一碗粉里加只新出炉不久的鸭腿,也就三块钱,一个鸭头五毛钱,慢慢啃,慢慢吃,十分享受。

  如果在有空调的粉店里吃粉,比如在百色市图书馆对面的那家羊肉粉店,还能自加配菜,诸如海带、萝卜之类的,吃完粉还能免费来一杯豆浆,那真叫享受。

  百色的米粉,除了有粉、汤、肉类的讲究之外,最有特色和吸引人的就是配菜了,如炸黄豆、花生、腐竹、酸笋、香菜、萝卜干、油条等各种各样,五花八门,一定会让你选择到自己满意的口味,运气好时,碰到个别店还会配一小碗玉米粥。

  百色人的早餐是粉,百色人的吃法是享受,他们对那碗粉的重视程度真能让你大跌眼镜啊!

(2020 年 8 月 17 日)

# 写书的日子逼我跨界学到很多东西

人都有懒惰的习性，要不是被逼出来，很多东西可能就不想去学，或者也学不好。

作为书法老师，清楚地知道，练字创作应该是一辈子的事，这一点我从来没有半点怀疑。想提高书写水平，需要练字；想参加各种展览，需要写字；即使你不想提高水平也不想参加展览，也还不时有人问你要字，你还得写字。

有一份书法教师稳定的工作，生活基本安逸了，除了写字，我之前从来没有想过非要逼自己去学什么东西。但十二年前出版《中小学书法训练技巧》时，因为文字写作、图片收集整理、排版设计、宣传发布等的需要，我不得不重新思考一些新问题，学习一些新知识与技术。

因为学习都会很辛苦，开始的时候总是不太情愿。但由于是出版的需要，实在没办法，慢慢才接受了学习新知识的想法。经过十多本书的出版后，突然发现自己跨界学到了不少东西，最主要的表现在以下方面：

因为从小学到初中都就读于农村的学校，学校条件不好，没有什么课外书可读，导致我的写作能力一直很差，到了大学留校工作要评副教授时，要写论文发表。这个过程曾经让我很痛苦。那几年算是一边学一边写，取得了一点进步。到写书出版时，我几乎是一边写作，一边学习字、词、句，学习主题立意、情感表达、逻辑推理等。

但我没有什么系统的学习计划和内容安排。只是在写作的时候，把百度打开，遇到生疏的字词，网上搜索求证，遇到不知道该如何表达的地方，网上找别人的范例做参考。无论语言的表述，还是标点符号的运用，我都一点一点地去思考和领会。这样亡羊补牢的办法，有时候花一个晚上写稿，也只能写出一两百个字。时间久了，慢慢发现自己也可以写出较长而且比较通顺的句子，心里有说不出的高兴。

对于写作，我只能这样急功近利，用的时候去学，学的马上要用，有很强的针对性。久而久之，在我熟悉和喜欢的学术领域里，开始会把握一些东西。后来我的胆子越来越大，也不管别人怎么评价，常常以"说得好听不如做得实在"来鼓励自己，坚持努力。

　　两年前的一天，我突然灵感爆发，写了一段题为"不说艰难"的文字，竟然被周围的朋友认可为是一首诗，于是开始有写诗的冲动。后来写了几十首发在微信上，深得《伶仃洋》杂志的主编孙向学先生的厚爱，选择其中几首发表了，我很意外，也很惊喜。为此，激发了我的写作欲望，有空的时间除了写诗，也写些散文。至今，一本名为"心有多大——中小学书法名师李汉宁诗文集"的书稿即将完成。我知道，目前的水平还见不得人，但作为大学考取物理专业，上大学改学英语专业，毕业后教书法的我，这样跨界学习的收获确属来之不易。

　　我出版的书里需要很多的图片，有不少图片是要特意去拍摄的。开始的时候，总要请人帮忙，但是求人的次数多了，不好意思，也不方便。《中小学书法教学法》这一本书里就要用808张图片，除了原来自己收集的，或者网上极少数没有版权争议的图片可用之外，很多图片得靠自己按书的内容去扫描或拍摄，比如文房四宝的图片、自己的作品等。

　　所以我把家里的摄像机、单反相机、手机的拍照功能不停地进行试验，慢慢地学到了一点技术，够自己用。虽然自己拍摄的水平不高，但自己的书要用怎样的图片，自己最有感觉。

　　图片要用于出版，当然会涉及图片的扫描、处理问题。在书上你看到一个简单的笔画，可是要费不少的工夫才能完整地展示在书稿上的。首先你得先写好，然后扫描或拍照，再用PS软件把笔画剪裁好，后面还需调节色相、亮度、对比度等，有时还要进行美化处理。一张旧的图片要放到书里面去出版，你得剪裁出需要的区域，有时做点必要的修复。有些范字，你要拼接几个不同字的部位。这些工作，需要你会用扫描仪，会用电脑，会用相关软件。为了完成这样的工作，我家里和学校办公室，都备有扫描仪、复印机和电脑设备，安装好各种软件，经常学习摸索。

　　我在出版《中小学书法摹写范本》（楷、隶、行书）三本书时，其中的13种字体的基本笔画和代表性范字，要从大量的古代碑帖中收集、扫描、下载、剪裁、修复，这样的工作前后做了三四年。《中小学书法教学法配套课堂作业》这本书的手写范字处理，连续三个月用尽了每一天除了上课、睡觉之外的所有时间。

　　图书出版中，页面排版、标题设置、图文搭配、目录安排、封面设计、开本选定、色彩运用、主题表现等内容和环节，都要讲究协调美观。一本好书，要考虑读者人群的喜好,把他们想要的形象、风格和品质体现出来。一本好书,人们无论从封面、封底、书脊,还是内页,都能感受到它的美感和分量。

因此,对于一本书的出版,作者和出版社沟通是一件很重要的工作。我的十多本书中,在美术设计方面有些做得很成功,也有些做得不令人满意。做得好的书,首先要选准方向,理念到位,还要反复修改,一点一滴都不能放过,比如书名的位置、大小,作者的名字、出版社的社标与书名大小的比例等。

美的东西,有时说不清楚,接触多了,审美能力自然会提高。所以,因为与图书出版、美术设计方面多年的接触,我现在做各种申报材料都比较容易上手,材料也比过去更规范和美观。

回顾写书的这些日子,的确逼我跨界学了很多东西。

(2020 年 8 月 18 日)

# 挫折往往能激发人的潜能

人生的路上总会有转折,免不了坎坷,少不了挫折,只不过是每个人碰到挫折的次数和艰难程度有所不同。在还没有越过坎坷和挫折的日子里,能忍辱负重,把风雨当作磨炼,懂得抓住机遇,把能做的事尽力去做,骨子里的潜能说不定就能尽情爆发,让你绝处逢生。回顾我的经历,从第一本书的出版,到接下来的工作调动,再到第二本书的出版,都是在意外的转折与机遇下遇到挫折促成的。

之前我从来没有想过自己要出书,特别是离开了大学的岗位,到小学来教书后,更加觉得没有可能。我当时想,在小学只不过是教小孩写写字,哪来的学术环境和写作欲望?

可是没有想到的是,我碰到了一位好校长。在到深圳的第一个月,我与校长闲聊编写教学范本时,他无意中说,搞得好的话可以拿去出版,学校提供经费。这句话鼓舞了我,我想要是自己努力点,人生的第一本书应该是可以出版的,得好好把握这个机会。

我用一周的时间先把书的提纲写好,接下来的三个月里,天天加班,终于完成了书稿并交给校长,校长立马联系岭南美术出版社,很快把书出版了。这本名为"中小学书法训练技巧"的书,是我到深圳的八个月后出版的。这极大地增加了我对深圳教育事业的热爱,让我走出了希望的第一步,对我日后的学术研究起到了很大的促进作用。可以说,没有这一本书,就没有今天我的第十本书。

因为第一本书出版所产生的动力,我在教学和学术研究上,不断地取得进步,两三年间,我成为校级名师、区级名师,我主持策划学校的书法教育项目获得中国书法最高奖——兰亭奖·教育奖,也考入了正编。一切都来得很突然,但也在意料之中,因为每一次机遇的来临,我都主动伸出了双手,从来没有怠慢!

我想,这回可以安安稳稳地工作、生活了,不再有什么可拼了。只要按部就班,也不至于太平庸。

也许人算不如天算,学校换了领导,书法教育特色工作不受新领导重视,我的一腔热情开始无处安放,不免感到前途渺茫。因为我可是冲着广东省率先在全国的中小学里开设书法课,才特意辞掉大学公职来到中小学就职的。从学校的形势看,似乎断了我的后路,我当时十分地苦闷。

那时候,刚好校园里石刻文字上的油漆褪色了,有领导叫我们书法科组的几个老师去刷新油漆,我一只脚踩在凳子上,一只脚踩在石头上,用油漆填补刻字,被人有意无意地在背后取笑说换了老乡校长了,我看你一个教授也不过是油漆工而已。心里有说不出的滋味。

那时候在办公室里就想着整理点文稿吧,便突然想起要写书,觉得最有价值的内容是书法教学法,但这样的书内容太广,一个人做没有信心,找个同行一起吧,又没有人愿意合作,最后干脆自己先写写再说。在孤独与无助中,我不知不觉产生了很大的爆发力,写作干劲十足。

也是那个时候,我费尽心思调到了新的学校。到了新的学校,为了得到周围同事的认可,我工作得特别卖力。同时,为了争取树立自己更好的形象和威望,及时完成了第二本书《中小学书法教学法》的定稿,并顺利出版,很快成了一本畅销书。

调动的成功,让我如愿地住到城区自己买的新房里,提高了全家人的生活质量。第二本书的出版,让我的学术思路进一步打开,工作越来越顺,之后成为深圳市名师，并通过正高级教师职称的评审。

　　回首这些往事，我觉得坎坷和挫折未必就是一件坏事。如果你能沉得住气，专注于某一件事，果断地消除惰性，激发新的精神活力，树立更高的目标，把自己潜在的能力充分地发挥和运用出来，可能会做出一些超越平常的成果。

　　顺应天意，热爱生活，善待自己，不要老是去巴望别人能给你什么，只有自己才能拯救自己。

（2020 年 8 月 19 日）

## 常设阶段目标，不断成就自己

　　无论是工作还是生活，每个人都会有自己的目标和追求，目标有大有小、有远有近，有些可能会实现，有些可能会落空。有时目标很切合实际，在自己的能力范围之内。这样的目标，只要坚持不懈地努力，总能达到。有时目标过于远大，甚至天马行空，就很难实现。

　　人的欲望是无穷的，你有什么愿望，有什么追求，只要不去伤害别人，没有人会指责你。愿望有时会产生动力，愿望在机遇来临时，也可能会转化为切合现实的理想，最终成为现实。

　　刚来深圳的时候，我好想有个户口，有一套自己的房，但那时真不敢奢望，觉得这样的想法太遥远。因为我只是一个民办学校的小学代课老师，哪来的条件有深圳户口？几千块钱的工资养一家人，买什么房？

　　但是心里有这样的追求，时刻都会关心这样的话题。招考入编政策、考试内容、方法技巧等，慢慢就熟悉了起来；于是有意识地学习教育学、心理学、答辩技巧等考试内容，没有机会考试就当作提升自身工作素质吧。

　　当时的我还喜欢到处看房，了解房价、城市发展规划，综合评估自己的能力，知道自己往后一段时间内，能在什么样的城市、地段，买什么档次的房。一个楼盘接一个楼盘地看，都不好意思让周围的同事和朋友知道，因为那时真觉得在深圳买房是异想天开的事。

机会终于来了，可以参加入编考试了，从报名到考试，也就一两个月的准备时间，但是我已经提前了 8 个月的时间，看了三套不同版本的教育学、心理学的书，笔试顺利通过。接下来的面试也高分通过。笔试没有一道题是与书法有关的，而面试的内容全是中小学教学内容，作为曾经是大学教师的我，同样没有优势。同样一起参加考试的四个老师，最后录用两人，我入编了，上了户口，真的成了深圳人。

入编后的几个月，我胆子大了起来。既然真的调到深圳，那就定居在深圳吧，买房！从看房到签约，就一周的时间。记得那天晚上与房主谈价，我内心的想法是无论全款多少，都要拿下。最后，为了少那么几千元，磨到半夜一点多钟才签下购房合同。随后，请陪我一起谈价的两位同事喝酒喝到下半夜才回家。心里是喜是忧，都说不清，不知道这一步是对还是错。

定房之后，是一个吃不香睡不好的寒假，因为要不停地去借首付款，哪怕是在春节期间。同时，我不停地找中介，要卖广州的房。交了首付，把房子买下来之后的半年里，又是极为痛苦的一段时间，因为到处听人说，现在不适合买房，房价要大跌了，我都不敢提我买房了。一年后房价不断攀升，我终于才敢说我已经买了房。有同事又指责我，去买房也不说一声，一起做邻居多好，只是现在贵了他们买不起了。我庆幸自己没有做错。

上户口和买房，都是我来深圳不久时的阶段目标，我一步步实现了。之后，我一直在想，不要给自己太多压力，不要有太多的超出自己能力以外的追求，希望保持健康快乐的生活。生活一日三餐，工作按部就班就好，有一段时间，的确过得很悠闲，甚至有点无所事事。

于是，突然想找点上进的事情做一做，就开始写书、编教材。开始的时候也没有出版计划、评奖奢望，也没有要评职称的想法，因为当时中小学正高职称评选还没有放开。学术上这么一做，感到自己能消磨点时间，也有所收获，从中发现了不少乐趣。

慢慢地学术研究成了我生活的一部分，习惯性地刚做完一个项目，又找另一个项目来规划，最后总是一个阶段接一个阶段地取得了一些零星成果。这种略做安排，又顺其自然的工作状态和追求，时常带来一些惊喜，一切都那么水到渠成，那么惬意。

今天我的《中小学书法名师之路》第八次也是最后一次修改校对完成，确定印刷，而在这本书修改的过程中，我的个人诗文集也差不多完稿了，我心里特别高兴。我想告诉大家，我的做法是要时常设定阶段目标，形成一种惯性，一件事一件事地去做，不要让自己长时间陷入无所事事的状态，就可以在不同的季节里收获到不同的果实，不断地成就自己。

（2020 年 8 月 20 日）

## 营造心境让灵感不约而至

灵感需要好的环境和心境，好的环境需要创设，好的心境需要营造，好的环境带来好的心境，这一点我的体会很深刻。

很多老师到我的工作室，都觉得环境幽雅，充满人文气息，坐在那里聊聊天、写写字或交流思想，是一件多么惬意的事。会写字的老师，总觉得在我那里创作，写得更顺手，心境和状态完全不同。我认同他们这种感受，因为我的工作室环境几乎是我为了写字和学术研究而有意布置和改造的，当然更容易给人营造出理想的心境，生发灵感，甚至激情，产生下笔如有神的感觉。

无论工作室的室内环境还是室外环境，我都是用心对待的。比如，门前的那盆三角梅，花朵密实、花色鲜艳、花期长久，让很多路过的老师为之赞赏。但可能谁都不知道，这都是我特别护理出来的。我希望这盆植物能给我带来好心情。

室内的成果展示区域、练习创作区域、办公写作区域，我分得很清楚。各种碑帖资料、个人文稿分类摆放，学校公物、个人藏品也都摆放得很有秩序。这样做，既方便师生出入上课培训，也方便我平时的办公。

工作室是学校的，也是我自己的。可以说硬件设备是学校提供的，软件设施是我准备的。软件设施包括我出版的各种论著和教材，也包括呈现在里面的各种教学模式和方法，以及我着力为宣传学校和工作室成果所精心构思的各种展示。只有这样，它才能全面兼顾学校书法教室、书法教师办公室、市级书法名师工作室的职能。

因为工作室多方面的职能，我作为主持人自然承担着不小的压力，要在教学科研各方面做出对得起工作室的成果。所以环境的布置，我有特定的主题；从事的活动，我有一定的取舍；来往交流的人员，我有所选择。

一些同事初到我的工作室，觉得好奇，想写几个毛笔字过把瘾，完全可以，我乐意陪同。但一些学生无所事事，选择书法兴趣班，来我的工作室添乱，有意涂抹画毡，搞脏资料，没有正确的学习态度，我可是毫不留情面。

市级名师工作室的主持人的想法很关键，我不能说自己的思想有广度或者深度，但至少不会违背上级对工作室的要求。我就算做不出惊天动地的成果，但也必须一步一个脚印地不断积累，不断地进步。

因此工作室的环境我需要讲究和呵护，工作室的情调我得培养，也让它有点文化的味道，有点学问的气息。这样才能使我在里面的每一个时刻有平和的心境，做一点书法创作和学术研究工作。

这么多年来，我一直抱着这样的想法和态度，来经营我的工作室，工作开展得还比较平稳而顺利。每天上班进入工作室，总有点怡然自得的感觉，心情很舒畅。工作的时候，容易生发各种灵感，有干劲，有规划，有实施，不断地完成了一些新项目。

因此，注意环境建设，不时给自己营造良好的心境，让灵感总是不约而至，是我一直努力的追求。

（2020 年 8 月 21 日）

## 看淡我的书被盗版

到深圳十三年，我已出版十本书了，第十一本书稿也即将完成，很快会交给出版社。工作以来的业余时间里，我做得最多的有两件事：第一件是练字创作，最大的收获是部分作品入围一些省展、国展，我本人也加入了中国书法家协会；第二件是写稿出版，促成我评上了正高级职称。

我作为一个农民子弟，一个参加过高考从农村走到城市里生活的人，一直认为会写字、会写文章，就是有文化。这是从小时候开始，从常年在田间劳作，面朝黄土背朝天的父辈那里继承下来的观念。多年以来，我一直以感恩之心，努力去做父辈们一生想做却无法做到的事情。

我知道世界很大，名家很多，这么多年我在写字、写作方面获得的成果充其量只是一点皮毛而已，在别人眼里不过是小儿科，我对外从不敢多提。但是，有时在自己的心里，我把那点点滴滴的收获看得很重，因为它承载着父辈在我身上寄予的希望，那个希望或许也是我们乡村好几代人的等待，我的责任太大太大。

我的第二本书《中小学书法教学法》成功出版了，我无比地高兴，出乎我的意料。而且在上市这么多年来，网上甚至没有一句负面的评价，或许是读者知道我出身贫寒、起点太低，缺乏很好的平台去撑起这样的学术主题，又或许读者知道我是在做实事，并已经尽心尽力，没有半点虚张声势，另有所图。

有的媒体把这本书誉为我国基础教育史上第一本书法教学法专著，填补了国内书法教育教材的空白，我心里很欣慰，但也很惭愧。回想当时定下这个书名，把书稿两次寄给恩师——中国书法家协会副主席、西泠印社常务副社长兼秘书长陈振濂教授，请求他斧正和题写书名，的确有点胆大妄为，太不考虑后果。好在陈老师善解人意，鼓励后生，满足了我的虚荣心。

我总是很幸运，这本书是全国第一本中小学书法教学法，读者买书时要货比三家，因找不到别的两家，自然没有做什么对比，在几年的时间里，这本书一直很畅销，并经常脱销。哪怕是现在一本定价39元的书，网店总是抬价出售，100多元、200多元都有。

两三年前，有读者联系我说，这本书印刷质量太差，我表示不解。广西师范大学出版社出的书，设计、排版、印刷都无可挑剔，怎么会有这样的现象呢？后面读者微信发图过来，我一看，才发现原来是盗版图书，非常惊讶。于是我从孔夫子旧书网上也买了一本盗版的回来，看看是怎么回事。他们的盗版书售价90元，邮费15元，连封面都不对，只是把书名、作者、出版社打印出来而已，彩色变黑白，内页很模糊。真是坑了读者，害了作者，非常气愤！

有朋友劝我，去告他们侵犯知识产权吧。我考虑再三，还是先观望吧。再者，从另外一个角度去想，书被盗版，说明它还是有点价值，也证明自己的书稿质量还过得去，这也算一种特别的鼓励方式吧。还有，他们盗版书多少也是一种传播。所以，我先看淡盗版这件事又如何？

（2020年8月22日）

# 到深圳周边别忘了去顺德走走

在深圳十多年，周末的时候总习惯出去走一走，当天去，当天回。深圳的休闲场所很多，我去过比较多的大概也就是宝安的光明农场、凤凰山森林公园、阳台山；南山的世界之窗、锦绣中华、野生动物园、海上世界、人才公园、红树林公园、青青世界；福田的莲花山、市民中心、深圳图书馆；盐田的大梅沙、小梅沙、中英街、东部华侨城；罗湖的仙湖植物园、东门老街；大鹏的西涌、东涌、杨梅坑。

有些地方去了好多次，已经没有新鲜感了。有些地方已不愿意再去，主要的原因是我出门喜欢自己开车，但是找停车位太难。再加上有些地方找吃的不容易，最后还得回宝安吃晚饭，有点扫兴。

我最喜欢停车方便、有景可观或吃得舒心的地方。比如，光明农场虽然没有很多玩的地方，但是那里乳鸽的味道不错；傍晚去海上世界和人才公园玩，那里容易找到好吃的，吃完饭看夜景很舒心；天热的时候到大鹏西涌、东涌、杨梅坑游个泳，在农庄吃窑鸡或海鲜，最让人放松。凡是远离车水马龙的悠闲之地，或是有客家菜风味的游览之地，都是我外出游玩的首选。如果时间不多，在家吃过晚饭后，我还会开车到碧海湾红树林、深圳湾红树林的海边去走一走，吹吹海风。

近年来，每次周末想出去游玩，深圳附近也不知道去哪里了，除了好多地方都玩过，最烦人的是到处堵车，去一次后悔一次。东莞的虎门炮台、松山湖也去了好多次，也并非那么喜欢。

前段时间全家人一同去了惠州的巽寮湾，本来想住一晚，当地人还介绍我们坐船去游海岛，在海岛上吃海鲜，我又觉得太阳太晒，没法游泳，岛上没有树阴，也没有路可走，海滩又太小，远远不如深圳的西涌、东涌好玩。

算了，不好玩就吃点海鲜吧！但岛上只有一处吃饭的地方，还是临时搭棚的大排档，卫生条件很差，上了菜，得不停地赶苍蝇。匆忙吃了一半，才发现原来坐在临时厕所旁边，越想越恶心，大家只吃个半饱便丢了一桌菜走人了。

回来的路上在深圳东部堵车太厉害，市区内就花一个多小时，惠州真不想再去第二次了。

既然深圳、东莞、惠州都不想去了，去广州又怕太拥挤，突然想起去顺德，因为我们从来没有去过。接下来我们选择了清晖园和逢简水乡自驾一日游。去了之后，才发觉顺德那么让人喜欢，让人心醉！在深圳那么多年，遗忘了顺德，很可惜。

先说交通，从宝安到顺德清晖园，过沿江高速、南沙大桥不到100公里，一个多小时的路程畅通无阻。你要是去深圳市内的其他地方，都不只花这点时间，去惠州也得花两个多小时。从清晖园到逢简水乡有10多公里，也就20分钟的时间。清晖园对面的停车场很大，停车很方便。

清晖园构筑精巧、布局紧凑，建筑艺术颇高，建筑物形式轻巧灵活、雅致朴素，庭园空间主次分明、结构清晰。整个园林利用碧水、绿树、古墙、漏窗、石山、小桥、曲廊等与亭台楼阁交互融合，集中国古代建筑艺术的优点于一身，这样的景点在国内绝对不多见。

逢简水乡绕村居的水道10公里有余，辖区水道达28公里之多。水光接天、碧波荡漾、曲折迂回，有说不尽的感觉。这里远离喧嚣，空气清新宜人，自然环境和谐，岭南古村格局犹存。古屋有百余间，古树遍布，石板古道纵横分布。绿树成荫、鸟语花香，一派诗情画意。一家人花150元租一条船，转水乡一圈，让你心旷神怡。那里美食丰富，吃住便宜，最好住上一晚，体验悠闲自在的乡间生活。

顺德的景点当然不止这两处。如果你觉得在顺德玩得不尽兴，可以在隔壁的佛山和广州番禺走一走，感觉那一带是一体化的，那些地方都没有深圳那么人山人海，美食又到处都是。我从顺德吃顺德菜回来一周，又禁不住去了一趟佛山祖庙，在那里吃了盲公丸，打包了牛杂，一路开车到番禺的南村，把车停在鱼粥餐馆前，很想喝一碗，但因太饱实在吃不下，只好直接上高速，过黄埔大桥、沿江高速，回到深圳，心痒痒地等待下一次再去。

（2020年8月23日）

# 我喜欢复式房的层次感和品质

来深圳后不到三年，我买房了。因为害怕房价不停地上涨，也没有时间看很多房子，就选在工作所在地宝安区购买了新房。当时考虑到自己的经济承受能力，已经买不起中心区的房产，只能往外推移，最后定在碧海湾一带。

碧海湾是宝安中心区向西面辐射的区域，靠近碧海湾公园。碧海湾与中心区东西连接，南面靠海，都是深圳的新规划区，城市建设比较现代化。碧海湾的房价虽然对于我而言还是有点高，但是由于居住地环境不错，而且再向西边没有什么优质楼盘，便打算在碧海湾看房了。

我只在碧海湾看了三四个楼盘，在看到现在居住的香缇湾时，就有一见钟情的感觉。以我心理的价位，对位置的评估，以及对房子风格的偏爱，我对香缇湾的喜欢大大超过其他楼盘。

香缇湾的楼有橙白相间的外墙，和我之后在广州买的房相似，都是我喜欢的稳重又富有活力的风格，加上楼盘不大不小，花园开阔平坦，房屋容积率小，没有像其他楼盘那样拐来拐去才能找到住所。

当时香缇湾的楼盘还在建，东南面是菜地，西面是学校，北面是在建地铁。我看到地铁建在附近，地铁口又离楼盘很近，另外南面的阳光海，东面的圣淘沙那么气派，我坚信这里应该是碧海湾的中心地带，发展前途不小，就不再挑剔了。

香缇湾的户型大部分是复式结构的。我第一次来看房，看的就是复式结构的样板房。当时的样板房很典雅、很精致，一进门就是一架从二楼垂下来的水晶灯，简洁婉约的楼梯，以及楼上洁净的玻璃护栏，形成通透而富有层次的空间，让人看第一眼就着迷。

样板房超大的阳台铺着仿木地板，摆着一张小桌，两个藤椅，优雅而浪漫。二楼是铺了木地板，有开放式的书房。就这样的设计和装修，让房子呈现出小而精的感觉。

再看看房子的公摊，公共走道很宽，各家各户互不干扰，采光十分好。

综合心理价位、地理位置、户型结构、装修效果、个人喜好，样板房的确深入我心底。因正式调动工作没有完全确定,定房推迟了几个月,反复来看了几次后才真正地交了购房款。虽然买的时候已经涨了20几万,但能追逐到心之所爱,也还是很欢心。

到装修的时候,总是极力地模仿样品房的布局、风格,和设计师一起配合,设计师总体把握,自己做局部的调整。无论哪个细节,我都亲自参与,建材的购买等都做了很多对比,最终装修出全家人喜欢的模样。

总体来说,我喜欢这套复式房的功能与结构,各个部分的功能划分得很清晰,层次感很强。比如说,家人在一楼的客厅看电视、聊天,我在楼上的开放式书房上网写材料,互相不干扰。家人在房间里休息,我在阳台晒太阳玩手机、修剪花草、养龟喂鱼,宽大的空间足够我活动。

在深圳这样的一线城市,洋房别墅是我这样的"教书匠"八辈子想都不敢想的事情。复式房给人有两层楼的体验和感觉,似乎多了一点情调和品位,至少每天能爬几趟楼梯,可以锻炼一下身体,暂且不提老了之后不方便的事。

(2020年8月24日)

# 我的中小学书法教育使命基本完成

十多年前,我既糊涂又清醒地走进了中小学书法教育的领域。

说糊涂,我没有想过辞去大学书法副教授的公职,到民办小学做书法代课老师会给我的人生和家庭带来多大的影响。说清醒,我在大学获得书法副教授职称后,很想在刚刚起步的中小学书法教育领域里寻找一点新的研究,盼望获得一些新的突破。

当时,广东省在全国率先要求书法进入中小学课堂,对我来说是一个千载难逢的机会。到中小学来任教,我想应该力所能及,好像还夹杂一点说不清的责任和担当。

十多年后的今天早上,我作为一名普通中学书法教师,站在教师队伍的行列里,与近两千名初中生一起在学校的足球场上参加开学典礼的升旗仪式,有很多感慨。

想起在中小学的这些年，每周一次的升旗仪式，不知参加了多少次。中小学教育工作，从早到晚跟着学生，是老师也像是保姆，这样的日子的确早已习惯了。

虽然对这样的工作开始产生厌烦，但也可以开始放松了。名师和正高职称的取得，《中小学书法教学法》和《中小学书法名师之路》两本书的出版，意味着我基本上完成了来中小学任教的使命。另外由于能力的原因，也不再有什么新的目标和追求了。

名师和正高职称对我个人而言，是荣誉，也是待遇，是我作为一线教师的最高追求。对同行而言，作为深圳市首位书法学科名师，全国第一位中小学书法学科正高级教师，我的经历和做法，在一定的程度上会给大家提供一点参考。

而《中小学书法教学法》和《中小学书法名师之路》的出版，对我而言，是个人最高学术成果，是人生最有意义的总结。对学科建设来说，《中小学书法教学法》无论其质量好坏，作为全国第一本基础书法教学法的教材，已经得到很多人的认可。对于书法教师的专业发展来说，《中小学书法名师之路》所呈现的思路和方法，多少也会给人们带来有益的参考。在当前全国大力倡导中小学书法教育的形势下，两本书的出版应该是十分有意义的。

书法作为沿袭了几千年的优秀中国传统文化艺术，其中包含的思想和技法，我所能了解的连皮毛都算不上。中小学书法教育高深莫测，无论在实践还是理论研究上，我自感越来越把握不准。我非常赞同人们所说的，教学有法，教无定法。

既然自感中小学书法教育的使命基本已经完成，就不敢有什么大志，也没有多余的能量可以输出，那就把脚步放慢，放下早已变得似有似无的包袱，自然而然地欣赏路上的车水马龙。还需要争点什么呢？不如偶尔写点诗文作乐吧！

（2020年9月1日）